LES SŒURS CHARBREY - 2

Un mari récalcitrant

Du même auteur
aux Éditions J'ai lu

Semi-poche

REBECCA KEAN

1. Traquée

2. Pacte de sang

3. Potion macabre

4. Ancestral

5. L'armée des âmes

LES SŒURS CHARBREY

1. Sans orgueil ni préjugé

Cassandra O'Donnell

LES SŒURS CHARBREY - 2

Un mari récalcitrant

J'AI LU

Chapitre 1

— Morgana !

Rosalie leva les yeux au ciel et tenta à nouveau de se plonger dans sa lecture mais sans grand succès. La voix de son beau-frère, le comte Greenwald, résonnait dans toute la maison et elle entendait ici et là les pas précipités et les murmures effrayés des domestiques qui couraient d'une pièce à l'autre.

— Morgana Greenwald, je te préviens…

— Malcolm, il est inutile de hurler, elle n'est pas ici, répondit Rosalie d'un ton las en le voyant surgir comme un forcené dans la bibliothèque.

Le comte ignora sa remarque, fouilla tous les recoins de la pièce et reporta son regard noir sur la jeune femme qui avait décidé ostensiblement de l'ignorer et s'était tranquillement replongée dans sa lecture.

— Où se cache-t-elle ? !

Rosalie releva doucement la tête. Malcolm était grand et particulièrement imposant mais elle n'était intimidée ni par l'autorité naturelle qui se dégageait de toute sa personne ni par la fureur qu'elle lisait sur ses traits.

— Je n'en ai aucune idée, répondit-elle.

Il poussa un grognement puis il se mit à arpenter nerveusement la pièce de long en large en marmonnant :

— Si je la retrouve et je vais la retrouver, elle risque de chèrement le regretter !

— Serait-il trop indiscret de vous demander les motifs de votre courroux ?

— Les motifs de mon... ? ! s'étrangla-t-il de rage avant d'approcher son visage de celui de Rosalie.

Elle recula, surprise, puis le regarda cette fois avec attention. Avec ses cheveux noirs et ondulés, son menton volontaire, son nez fin et droit et sa bouche bien dessinée, Malcolm avait la beauté du diable mais il y avait effectivement quelque chose d'étrange sur sa peau qui...

Oh, mon Dieu ! Tout le bas de son visage est devenu bleu pâle ! songea-t-elle en pinçant les lèvres pour ne pas éclater de rire.

— Eh bien ? Vous ne remarquez rien ?

— Je ne vois pas, non, répondit-elle avec une évidente mauvaise foi.

Il plissa les yeux et gronda d'une voix réprobatrice :

— Rosalie...

Incapable de garder son sérieux plus longtemps, elle éclata d'un rire léger, joyeux et absolument charmant.

— Que... que vous est-il donc arrivé ? demanda-t-elle, hilare.

Il grimaça puis poussa un profond soupir.

— Votre sœur a encore utilisé mon blaireau pour mélanger une de ses horribles mixtures...

Rosalie secoua la tête. Sa sœur, Morgana, férue de sciences, se passionnait actuellement pour la chimie et multipliait les expériences. Certaines d'entre elles s'avéraient, il fallait bien l'admettre, assez farfelues…

— Je reconnais que c'est contrariant mais…

— Contrariant ? Jenkins se sent tellement coupable de cet incident qu'il menace de démissionner !

Rosalie cessa soudain de sourire en songeant à quel point le valet de chambre de Malcolm devait être mortifié.

— Désirez-vous que je demande à Mme Wilks de nous apporter un peu d'alcool ? Cela devrait suffire à atténuer la…

— Ah non ! Je tiens d'abord à la retrouver afin de la mettre face à ses responsabilités. Cette situation n'a que trop duré !

— Vous ne comptez pas lui interdire de poursuivre ses travaux, j'espère ? demanda-t-elle, inquiète.

Morgana était un esprit libre. Elle ne se souciait ni de l'opinion des gens ni des conventions et semblait complètement réfractaire à toute forme d'autorité. Lui interdire quoi que ce soit était tout bonnement impossible.

— Et prendre le risque de mettre mon mariage à feu et à sang ? Oh non ! déclara-t-il en se dirigeant vers la porte à grandes enjambées.

Puis il se figea avant de franchir le seuil et sortit un blaireau de sa poche en disant avec un sourire diabolique :

— Mais je compte néanmoins lui faire définitivement passer l'envie de recommencer.

Il avait à peine disparu que Rosalie éclatait de rire. Le comte Greenwald avait beaucoup changé depuis son mariage. Il avait perdu cette austérité, cette froideur, cette condescendance qui le caractérisait et il se sentait maintenant parfaitement à sa place à la tête du fantasque clan Charbrey. Du moins la plupart du temps. Car veiller à la fois sur son épouse, leur petit garçon, Connor et les trois jeunes sœurs de Morgana était un véritable challenge. Les membres de cette famille possédaient tous un sacré tempérament et il arrivait très souvent à Malcolm de s'arracher les cheveux et de se demander qui de Mary, Morgana, Rosalie ou Daphné, il allait étrangler. Mais il avait fini tant bien que mal par s'y accoutumer et il endossait depuis le décès de leur oncle, le débonnaire et délicieux comte Gerald Charbrey, son rôle de père, de mari et de tuteur à la perfection.

— Rosalie ?

Rosalie posa sa plume sur son bureau et leva les yeux vers sa jeune sœur. Âgée d'une quinzaine d'années, Daphné avait les cheveux blonds comme les blés, la taille menue et une façon si légère de se déplacer qu'on aurait pu croire qu'elle volait.

Vêtue d'une ravissante robe rose couverte d'épingles, elle venait visiblement de quitter sa chambre en pleine séance d'essayage.

— Je ne viendrai pas à ton mariage.

Rosalie fronça les sourcils. La cérémonie devait avoir lieu dans trois semaines et certains considéraient déjà ses épousailles comme l'un des événements mondains les plus importants de la saison.

— Daphné, c'est toi qui as choisi ce modèle, mais si tu n'aimes plus cette robe, il est encore temps d'en changer, répondit-elle, conciliante. Après tout, il nous reste encore un peu de temps avant la cérémonie et…

Daphné secoua la tête.

— Ma tenue n'est pas le problème. Je n'ai aucune envie d'assister à ce désastre, c'est tout.

— De quoi parles-tu ? demanda Rosalie, surprise.

— Comprends-moi bien : je n'ai rien contre ton fiancé. Il est très séduisant et il a de grandes qualités, mais il n'est pas fait pour toi. Je suis étonnée que tu ne l'aies pas encore compris, poursuivit-elle d'une voix grave et posée.

Rosalie dévisageait maintenant sa sœur avec curiosité. Aucun membre de sa famille n'avait semblé défavorable à cette union. Bien au contraire. Ils semblaient tous particulièrement satisfaits de la savoir enfin prête à convoler après trois longues saisons de bals, de dîners, de demandes en mariage déclinées et de soupirants désespérés.

— Puis-je savoir ce qu'il te prend ? Aurais-tu par hasard entendu des conversations qui…

— Non, la détrompa Daphné aussitôt.

— Alors qu'est-ce qui te donne à penser que William ne fera pas un bon époux ?

— Je le sais parce que tu n'es pas amoureuse de lui. Pas comme Morgana l'est de Malcolm en tout cas.

Rosalie ne put s'empêcher de sourire. Daphné nourrissait de grands rêves à propos du mariage.

Tout comme Rosalie à son âge. Mais cette dernière ne se faisait aujourd'hui plus d'illusion.

Les mariages comme ceux de leur sœur aînée et de Malcolm étaient rares dans leur monde. La haute société leur préférait de très loin les mariages de raison qui offraient, prétendait-on, un bonheur et une paix domestique plus durables que ceux conclus sous l'aune éphémère de la passion.

— Tu sais, l'amour ne justifie pas à lui seul le sérieux d'un tel engagement, Daphné. Il existe d'autres raisons de se marier comme le respect mutuel, l'amitié ou le désir de fonder une famille...

Et de ce point de vue, son futur mari, lord Eaton, vicomte d'Edgfield, était parfait : ils partageaient les mêmes goûts, étaient toujours du même avis et avaient les mêmes fréquentations.

Oh, bien sûr, Rosalie n'était ni dupe ni naïve. Elle savait que William entretenait probablement déjà une maîtresse comme la plupart des hommes de sa condition. Mais comme elle n'était pas amoureuse de lui, elle n'en ressentait ni peine ni dépit et estimait que l'entente cordiale qui existait entre eux était grandement suffisante pour garantir la paix et la quiétude de leur future vie de famille.

— Vraiment ? Alors pourquoi Morgana répète-t-elle toujours que l'amour est le secret essentiel d'une bonne union ?

L'amour ? songea Rosalie en se remémorant le ventre noué toutes ces nuits où elle s'était couchée et relevé cent fois en murmurant « ce n'est pas possible... ce n'est pas vrai... il va revenir... ! » Ces nuits où elle avait bien cru mourir de douleur et de désespoir. Ces nuits où il avait bien fallu regarder la vérité en face et accepter que John Murphy, le duc de Langford, l'homme dont elle était follement éprise, l'avait bel et bien abandonnée.

Non. L'amour n'était pas affaire de mariage. Fort heureusement.

— Morgana a une nature très différente de la mienne, Daphné. Je ne crois pas être faite pour ce genre de relations.

— Ça, c'est ce que tu crois, mais j'ai lu tes livres, tu sais ? Et moi, tu ne peux pas me leurrer : ton cœur est aussi passionné que peut l'être le sien !

— Daphné ! Tu sais très bien que nous ne sommes pas supposées en parler, la réprimanda-t-elle.

— Pourquoi ? Je ne vois pas l'intérêt de faire tant de mystères, grommela-t-elle, la mine boudeuse.

Rosalie réprima un sourire. Daphné était incapable de mentir ou de garder un secret. Plus ennuyeux encore, elle disait ce qu'elle pensait au moment où elle le pensait, sans se soucier des conséquences. Ce qui lui attirait pas mal d'ennuis et provoquait parfois des situations hautement embarrassantes.

— Je t'en ai pourtant maintes fois expliqué les raisons.

Daphné fronça les sourcils.

— Mais à William ? Tu as révélé ton secret à William, n'est-ce pas ?

Rosalie frotta nerveusement la tache d'encre sur son pouce. Non, elle n'avait pas encore avoué à son fiancé qu'elle était Edmund Charberey, l'écrivain à succès. Pas parce qu'elle se défiait de lui mais parce qu'elle redoutait la réaction de son entourage. Le comte et la comtesse d'Edgfield, les parents de William, étaient si guindés et si conventionnels qu'ils n'auraient jamais accepté pour future belle-fille une jeune femme s'adonnant à des activités aussi fantasques.

— Je suis désolée, mais ça ne te regarde pas, répondit Rosalie.

— Donc tu ne lui as encore rien avoué ?

Rosalie affronta son regard réprobateur sans ciller. De toute façon, qu'est-ce que ça changeait ? Écrire n'avait rien de honteux, et William était un homme trop compréhensif et trop tolérant pour s'offusquer de ce genre de choses. Bien au contraire. Elle était certaine qu'une fois mis dans la confidence, il lui accorderait non seulement son soutien mais aussi la liberté nécessaire pour poursuivre la carrière littéraire qu'elle avait si brillamment entamée. Après tout, il s'était engagé à la rendre heureuse et à assurer son bonheur quoi qu'il puisse en coûter. Or, écrire était vital pour Rosalie. Aussi vital que de respirer.

— Je viens de te dire que ça ne te regardait pas.

— Peut-être, mais reconnais que toutes ces cachotteries n'augurent rien de bon…

— Là, tu dépasses la mesure ! la réprimanda Rosalie.

Daphné secoua la tête et lança avant de se diriger d'un pas rageur vers la porte :

— Très bien, fais comme tu veux et épouse ton vicomte, mais tu ne diras pas que je ne t'ai pas prévenue !

« Tu ne diras pas que je ne t'ai pas prévenue ! » Les mots flottèrent un instant dans la pièce comme un mauvais présage, mais Rosalie les chassa vite de ses pensées. Après tout, Daphné n'était encore qu'une enfant. Elle ignorait tout des réalités de ce monde et n'avait jamais connu ni les affres ni les tourments de la passion. Alors comment pouvait-elle comprendre sa décision ?

Chapitre 2

Des bûches flambaient doucement dans la cheminée et une douce chaleur enveloppa le duc de Langford tandis qu'un domestique le défaisait de ses vêtements de voyage. Contemplant avec bonheur les objets familiers de sa chambre : son lit, le petit guéridon posé devant la fenêtre, la grande armoire portant des armoiries, bref, tous ces objets rassurants qu'il avait quittés depuis longtemps, le duc sentit un profond bien-être l'envahir.

— Votre Grâce compte-t-elle ressortir ou se rendre à une réception ce soir ?

John haussa un sourcil et sourit d'un air amusé à son valet, un homme brun et terriblement guindé, âgé d'une soixantaine d'années.

— Je viens à peine d'arriver, Carson, laissez-moi donc un peu souffler… ne vous ai-je donc pas manqué ? demanda-t-il avec un sourire taquin.

Une légère rougeur colora le visage émacié du domestique.

— Oh si, milord. D'ailleurs, tout le personnel de Herrington Castle se montre très satisfait de votre retour.

Le duc de Langford avait passé ces deux dernières années à voyager. Cela n'avait rien d'étonnant quand on connaissait l'origine de son véritable nom de famille, « Murphy », autrement dit « guerrier de la mer ». Certains généalogistes prétendaient que les ancêtres du duc étaient d'anciens pirates qui s'étaient alliés à Édouard III et aux Plantagenêts durant la guerre qui les opposait aux Valois. Ce qui leur avait valu terres, or et moult récompenses. D'autres affirmaient qu'ils avaient acquis leur fortune et leur influence en pillant, tuant et en louant leurs bras et leurs épées au plus offrant. De toute façon, quelle que soit la manière dont on se penchait sur l'histoire de cette famille, une chose était certaine : la dynastie des Murphy regorgeait de brigands, de canailles et de graves fauteurs de trouble aimant le sang, la guerre et les batailles.

Bien entendu, au fil du temps, les choses avaient changé. Plusieurs générations s'étaient succédé et les ducs de Langford étaient devenus très différents des trublions qui les avaient précédés. Ils s'étaient assagis et ils se montraient nettement plus civilisés. Du moins, la plupart du temps. Mais ni le goût de l'aventure, des femmes, de la bagarre ou des voyages ne les avait jamais vraiment quittés. Et il était de notoriété publique que les ducs de Langford menaient une vie si tumultueuse qu'aucun d'entre eux n'avait jamais eu le bon goût de mourir dans son lit.

— J'en suis ravi, Carson, oui, ravi. Alors racontez-moi un peu ce qu'il s'est passé durant mon absence... y a-t-il des potins, des événements honteux dont je devrais être informé ?

Le valet écarquilla les yeux.

— Des « potins », milord ?

Le duc de Langford ne put s'empêcher de sourire. Son régisseur, Stilton, ainsi que son intendante, Mme Blair, et son majordome Meyers lui envoyaient des rapports réguliers, l'informant des dépenses et des affaires en cours mais aucun de ces trois-là n'aurait eu l'idée saugrenue de lui faire part des ragots de cuisine, des démissions, des embauches ou de la vie privée de son personnel. Or, John Murphy, duc de Langford savait d'expérience l'importance qu'ont toutes ces petites choses dans le maintien, la tenue et la réputation d'une demeure comme Herrington Castle. Enfant, il lui arrivait très fréquemment d'espionner les domestiques cachés dans un recoin discret situé non loin des cuisines. Ni les histoires de cœur, ni les coucheries, ni les rapports complexes, ni les manigances, ni la hiérarchie tyrannique qui existait entre eux ne lui avaient donc échappé. Il avait aussi compris très tôt quelle sorte d'influence pouvait avoir tel ou tel membre du personnel sur ses maîtres, que les gestes et les paroles du duc et de sa famille étaient discrètement mais activement commentés et qu'aucun secret ne pouvait leur être longtemps dissimulé.

— Ne prenez pas cet air étonné, Carson, vous savez parfaitement à quoi je fais allusion, déclara John en le fixant d'un air appuyé.

— Vous savez à quel point je répugne à relater ce genre de choses, milord, soupira le valet en attachant ses boutons de manchettes.

Le duc le gratifia d'un sourire ironique.

— Je sais, Carson, et c'est tout à votre honneur mais les gages que je vous donne ont toujours su, fort heureusement, étouffer parfaitement vos scrupules. Alors ? demanda-t-il d'un air impatient.

Le valet baissa la tête en signe de capitulation, puis commença à dévoiler les petites entorses faites au règlement, les menus larcins commis par le deuxième valet de pied que le majordome Meyers s'était d'ailleurs empressé de congédier, le récent mariage d'une femme de ménage avec le fils d'un fermier, l'embauche d'une nouvelle fille de cuisine résidant au village, bref, tous ces petits détails dont voulait être informé le duc mais ne revêtant aucun véritable intérêt aux yeux de son valet.

John haussa les sourcils.

— C'est tout, Carson ?

— Oh, il y a bien une petite chose mais je ne sais si je dois vous en parler. Après tout, cette fille était une écervelée. Mme Blair lui avait pourtant fait certaines remarques et… enfin, c'est une affaire très embarrassante, milord.

Le duc de Langford plissa les yeux.

— Eh bien ? J'attends…

Carson se racla la gorge, visiblement gêné.

— Il s'agit de cette nouvelle femme de chambre, Anna, recommandée par l'intendante de lady Stanton… Elle a eu quelques échanges inappropriés avec un jeune gentleman… je ne sais où ils se sont rencontrés, enfin bref… cette jeune femme s'est retrouvée dans une position très délicate et Mme Blair n'a pas eu d'autre choix que de la renvoyer.

Le duc prit une ou deux secondes de réflexion. Cette fille avait de toute évidence manqué de jugeote mais il n'était pas homme à reprocher à une soubrette d'avoir cédé à la tentation. Lui-même cumulait de nombreuses conquêtes. Par commodité, il préférait séduire les femmes mariées, mais il lui arrivait aussi parfois d'entretenir une courtisane ou de détourner du droit chemin des femmes de chambre ou des servantes. Oh, bien entendu, aucune qui ne dépende de lui, il avait bien trop le sens des responsabilités et de l'honneur pour se comporter de cette façon avec ses propres employées, mais il n'était pas un saint et ses nombreux déplacements ainsi qu'un physique des plus avenants lui offraient certaines possibilités qu'il n'avait pas toujours la volonté de dédaigner.

— Cette jeune femme, Anna, avait-elle de la famille ?

— Pas que je sache, monsieur.

Le duc fronça les sourcils. Sans mari ni famille, une femme enceinte n'avait pas la moindre chance de retrouver une place dans une bonne maison. Elle risquait soit de mourir de faim, soit de finir comme prostituée. Pour autant, John n'avait pas le choix et il ne pouvait ouvertement désapprouver la position de l'intendante sans créer un fâcheux précédent. Les domestiques étaient encore plus conservateurs que ne l'étaient leurs maîtres et John ne tenait ni à les froisser ni à remettre en question les règles de bienséance et d'absolue moralité qui régnaient à Herrington Castle sur un simple coup de tête.

— Très bien. Dites à Mme Blair que je souhaite qu'elle me rejoigne d'ici une dizaine de minutes dans la bibliothèque.

— J'y vais de ce pas, milord, déclara Carson tandis que John fixait le miroir devant lui d'un air placide.

Blond, élancé, élégant, un éternel sourire sur les lèvres, le duc de Langford avait conservé à trente ans de charmants airs de jeune premier et était considéré comme l'un des hommes les plus sympathiques, drôles et généreux qu'on puisse trouver. Très apprécié par ses pairs qu'il était toujours prêt à régaler d'amusants récits de voyages, il possédait un charme auquel nul ne semblait résister. On lui pardonnait tout : ses fréquentes absences, son manque de sérieux et d'implication dans les affaires politiques du royaume, ses scandaleuses liaisons et les rumeurs déplaisantes que des maris furieux propageaient sur son compte…

Mme Blair attendait fébrilement le duc dans la bibliothèque et sa nervosité grandissait de seconde en seconde. Poussant un soupir, elle passa sa main sur son chignon afin de vérifier que pas une mèche ne dépassait, puis elle baissa une nouvelle fois les yeux sur sa robe sombre et sobre pour s'assurer que sa mise était impeccable, et redressa la tête au moment même où le duc faisait irruption dans la pièce.

— Bonsoir, madame Blair.

— Votre Grâce, fit-elle en courbant légèrement la tête, le regard baissé vers le sol.

John lui sourit. Mme Blair, l'intendante, travaillait à Herrington Castle depuis sa naissance. Avec sa mine sévère, son chignon noir, ses robes strictes et ternes, et son allure martiale et respectable, elle faisait littéralement partie des meubles.

— Je sais que la coutume aurait voulu que je m'entretienne avec M. Meyers de ce genre de choses, mais il se trouve que j'ai un service à vous demander, madame Blair, c'est à propos de cette femme de chambre, Anna…

Quelques minutes plus tard, l'intendante quittait la bibliothèque en soupirant. Décidément, le jeune duc n'avait pas changé : il avait un cœur d'or et il se montrait souvent bien trop généreux pour son propre bien. Cette fille « perdue » ne méritait pas tant d'attention. Et certainement pas venant d'un homme aussi puissant et occupé que l'était l'héritier des Langford. Elle ne pouvait d'ailleurs s'empêcher de se demander qui diable avait bien pu informer le duc de cette sordide histoire. Ça n'avait aucun sens. Un homme comme lui avait bien d'autres chats à fouetter que de s'occuper du sort d'une pauvre fille et de son affreux bâtard.

— Le repas va être servi dans une dizaine de minutes, Votre Grâce, déclara le majordome, M. Meyers, en entrant dans la pièce à pas feutrés, un plateau d'argent à la main.

Le ventre rond mais le dos droit, Meyers avait tout du parfait majordome. D'une discrétion absolue, un visage parfaitement impassible, il était corvéable à merci et d'une loyauté sans faille.

— Merci, Meyers. De quoi s'agit-il ? demanda le duc en regardant la lettre posée sur le plateau que tenait le domestique.

— Il s'agit d'une lettre portant le sceau de lord Greenwald, milord. Comme il s'agit très certainement du prochain mariage de lady Charbrey, j'ai pensé que vous voudriez en être informé au plus vite.

Le duc de Langford haussa les sourcils.

— Le mariage de lady Charbrey ?

— De lady Rosalie Charbrey et du vicomte d'Edgfield, milord, se contenta de répondre le majordome tandis que le duc ouvrait l'enveloppe d'un air contrarié.

Quelle plaisanterie était-ce là ? Rosalie allait se marier ? « Sa » Rosalie ? Ce n'était pas possible. Il se refusait à le croire. Elle ne pouvait pas sérieusement songer à s'engager avec un autre homme après tout ce qu'il s'était passé entre eux. Pas après s'être livrée à lui corps et âme. Pas après leurs folles nuits de passion.

— Je ne peux pas croire que…

Et pourtant si. Il n'y avait pas d'erreur. Le nom imprimé sur le carton était bien celui de Rosalie.

Langford blêmit. Il avait été certes arrogant de sa part de se figurer qu'elle lui avait conservé ses sentiments après ce qu'il avait fait et la manière odieuse dont il l'avait abandonnée, et il savait parfaitement qu'elle avait le droit d'être en colère. Mais jamais au grand jamais, il n'avait imaginé qu'elle puisse si vite l'oublier alors qu'il ne parvenait toujours pas, en dépit de tous ses efforts et des deux années passées loin d'elle, à la chasser de son cœur et de son esprit…

— Merci, Meyers, vous pouvez disposer, déclara-t-il d'une voix sombre en broyant dans sa main l'invitation que lui avait fait parvenir son vieil ami, le comte Greenwald.

Chapitre 3

Mme Wilks, la gouvernante, était une femme entre deux âges dotée d'une solide constitution. Avec ses hanches pleines et larges, son visage rond et ses grosses joues, il émanait d'elle une impression de gentillesse, de bonne humeur et un petit quelque chose de profondément maternel.

— Ah, quel beau mariage cela va faire, madame Delome, j'ai hâte d'y être, déclara-t-elle gaiement en entrant dans la cuisine.

La cuisinière se mit à grommeler sans toutefois cesser de pétrir sa pâte :

— Peuh… moi je dis, ça n'apportera rien de bon, vous verrez…

Mme Wilks secoua la tête. La cuisinière française était un véritable porc-épic et son caractère acariâtre ne s'arrangeait guère avec les années.

— Quelles inepties êtes-vous donc encore en train de raconter, madame Delome ?

— Êtes-vous donc sourde ? Je dis que lady Rosalie risque de se voir imposer bien plus de restrictions par son mari qu'elle n'en a ici et qu'elle risque d'être très malheureuse, c'est tout…

— Il y a bien d'autres compensations dans un mariage et vous le sauriez si vous ne vous étiez pas comportée comme une furie en faisant fuir les hommes qui avaient la bêtise de vous courtiser, répliqua la gouvernante avec un sourire narquois.

— Voilà une réflexion qui ne m'étonne guère, vous avez de vilaines manières et des pensées pour le moins outrageantes, madame Wilks, rétorqua la cuisinière d'un ton de réprimande qui n'offusqua guère la gouvernante.

Cela faisait plus de vingt ans que les deux femmes travaillaient côte à côte. Vingt ans qu'elles prenaient un vif plaisir à se chamailler pour un oui ou pour un non et qu'elles n'étaient de toute façon, par principe, jamais du même avis. Utilisant un vocabulaire et une liberté de ton que réprouvaient secrètement la plupart des domestiques, elles passaient leur temps à créer d'étranges querelles participant pour beaucoup à l'ambiance joyeuse, décontractée et peu conventionnelle qui régnait dans la maison.

— Quel mal y a-t-il à prendre un peu de bon temps avec son mari quand il est beau, fringant et riche ?

La cuisinière grimaça.

— Vous êtes une femme sans moralité, madame Wilks !

— Si seulement, madame Delome, si seulement... s'esclaffa la gouvernante d'un air taquin avant de s'éclipser.

Le domaine des Charbrey était l'une des plus belles propriétés du Devonshire. Son parc était gigantesque, les terres qui l'entouraient fertiles et les fermages parfaitement bien entretenus. Quant au château, un grand bâtiment de pierre blanche aux formes harmonieusement proportionnées, il se dressait sur une minuscule colline surplombant une forêt de bois touffus et un charmant petit lac ajoutant encore au charme indéniable de l'ensemble.

— Lady Mary ? Êtes-vous prête ?

Assise sur la pelouse du jardin, La jeune Mary repoussa de la main ses longs cheveux châtains joliment bouclés, releva son nez fin et légèrement retroussé, et jeta un regard peu avenant à la gouvernante.

— Prête pour quoi, madame Wilks ? demanda la benjamine des Charbrey en la fixant de ses grands yeux noirs.

— Mais pour votre leçon de poésie, il est l'heure, mademoiselle, répliqua la gouvernante, contrariée.

Mary inspira profondément. L'air était empli du capiteux parfum des lilas et une douce brise printanière frémissait silencieusement parmi les arbres du parc.

— Je suis prête, oui, mais on ne peut pas dire que cela me réjouisse.

— Je vous sais gré de votre franchise, mademoiselle, mais j'aurais préféré vous voir simplement acquiescer d'un signe de tête au lieu de vous entendre exprimer aussi librement vos pensées.

La petite haussa les épaules en soupirant.

— Alors cessez de m'imposer ces textes stupides. Personne n'est prêt à écouter toutes ces fariboles de son plein gré, croyez-moi.

Mme Wilks fronça les sourcils d'un air mécontent.

— Sont-ce là les propos d'une petite fille bien élevée, lady Mary ?

Mais Mary ne semblait nullement impressionnée. Bien au contraire : ses joues avaient pris une couleur légèrement rosée et son regard lançait des éclairs.

— Je ne suis plus une petite fille, j'ai douze ans. Et je ne comprends pas que vous me fassiez perdre mon temps à étudier la poésie alors que les mathématiques et les sciences sont des sujets si passionnants.

Mme Wilks serra les dents et se contenta de la fixer tristement. De toute manière, ses remontrances n'avaient pas plus d'effet sur Mary que n'en avaient eu celles des préceptrices de lady Morgana sur cette dernière. L'aînée et la benjamine des quatre sœurs Charbrey se ressemblaient par trop. Elles étaient aussi indomptables et rebelles l'une que l'autre et partageaient un goût commun pour les sciences et toutes ces techniques que les jeunes filles de bonne famille se faisaient habituellement un devoir d'ignorer.

— Lire de la poésie n'est pas une perte de temps, lady Mary.

— Ah non ? Vraiment ?

La gouvernante fronça les sourcils sans mot dire en la fixant si sévèrement que Mary commença à se dandiner d'un pied sur l'autre d'un air gêné.

— Très bien, madame Wilks, puisque vous insistez, allons étudier ces insanités. Je ne veux pas vous fâcher, fit-elle en soupirant bruyamment.

— Voilà qui est très aimable à vous, lady Mary, répondit Mme Wilks.

— Ne me remerciez pas. Si je vous fais fuir ou que je vous contrarie, Morgana me punira en m'imposant une de ces horribles préceptrices que je rencontre parfois chez mes amies, avoua Mary en grimaçant.

La gouvernante ne put s'empêcher de sourire. La comtesse Greenwald avait élevé sa plus jeune sœur comme s'il s'agissait de sa propre fille et elle l'adorait littéralement.

— Si je comprends bien, vous me préférez à ces femmes ?

— Oh oui ! Vous au moins n'êtes pas trop bête…

Elle prit une seconde de réflexion comme si elle y réfléchissait très sérieusement et ajouta :

— … enfin la plupart du temps.

Mme Wilks fronça les sourcils.

— Dois-je considérer ceci comme un compliment ?

— Oh absolument ! répondit Mary d'un air convaincu.

— Parfait. Puisque de toute évidence vous êtes décidée à vous faire pardonner votre mauvaise humeur, que diriez-vous d'étudier non pas un mais deux textes de John Heywood ?

— J'en dis que vous ne savez pas apprécier à leur juste valeur mes compliments, déclara Mary d'un ton boudeur tandis qu'elles franchissaient toutes deux l'une des entrées situées à l'arrière du château.

En fin d'après-midi, Rosalie était remontée dans sa chambre afin d'écrire son courrier avant de se préparer, comme chaque soir, pour le dîner.

Un grand nombre de personnes avaient confirmé leur présence au mariage mais elle se devait de répondre poliment à ceux qui s'excusaient de ne pas pouvoir y assister pour des questions de santé, d'invalidité ou pour n'importe quelle cause tout aussi déprimante. Une fois cette tâche terminée, elle fit appeler sa femme de chambre qui l'aida rapidement à s'apprêter.

— Cette couleur vous sied à merveille, mademoiselle, déclara celle-ci en examinant la jolie robe de mousseline rose, simple mais élégante que Rosalie avait choisi de porter.

Sa tenue mettait en valeur le teint et la taille fine de la jeune fille. Ses cheveux châtains étaient attachés de manière à découvrir sa nuque, et avec ses yeux couleur bleu nuit qui lui mangeaient le visage, ses traits délicats et sa bouche pulpeuse, elle provoquait l'admiration de tous ceux qui la rencontraient.

— Merci, Bridget.

Puis, remarquant soudain les cernes et les traits tirés de sa femme de chambre, elle ajouta :

— Avez-vous reçu des nouvelles de votre fiancé ?

— Oui, milady. Il se trouve actuellement en Belgique, il… il m'a écrit que la bataille était imminente.

Rosalie poussa un profond soupir. À Londres, la plupart des personnes de sa connaissance et en particulier les jeunes filles agissaient et vivaient comme si la guerre contre Napoléon et ses maudits Français n'avait jamais existé. Elles parlaient chiffons, mode, elles cancanaient et tenaient des propos aussi futiles qu'inintéressants. À croire que leur vie, leurs opinions et leurs idées se résumaient à bien peu de chose. Si peu de chose à vrai dire que ça la déprimait. À quoi bon étudier et se cultiver si c'était pour échanger avec autrui des propos aussi creux et assommants ? Oh, bien entendu, elle connaissait les désavantages qu'il y avait pour une débutante à étaler trop ouvertement ses connaissances et l'impact négatif qu'une intelligence trop vive ou un trop grand savoir pouvait avoir sur ces messieurs. Elle avait d'ailleurs toujours soigneusement évité de révéler qu'elle parlait russe, allemand et français, qu'elle déchiffrait parfaitement le latin et le grec ou qu'elle lisait tous les livres qui lui tombaient sous la main de peur de s'attirer les foudres des douairières et d'effrayer ses éventuels prétendants. Mais force était de constater qu'elle commençait à se lasser de jouer la comédie, qu'elle avait hâte de se marier et d'être enfin libérée de toutes ces contraintes ridicules imposées aux jeunes filles de la haute société.

— Je suis sûre que tout se passera bien. Le duc de Wellington est un excellent stratège et il n'est pas homme à échouer, tenta de la réconforter Rosalie sans développer plus avant sa pensée.

Bridget était suffisamment inquiète, il ne servait à rien de lui dire ce qu'elle savait déjà : que la bataille s'annonçait sanglante, que les deux armées, celle des alliés et celle du Nord étaient de taille égale et qu'il y aurait probablement bientôt de nombreux morts des deux côtés.

— Oui... oui, j'imagine que oui, mademoiselle, répondit Bridget avec un pauvre sourire en reposant la brosse sur la coiffeuse.

— Puis-je entrer ?

Rosalie tourna la tête vers la porte, croisa les grands yeux vert émeraude de sa sœur, puis sourit en remarquant la grosse tache bleue qu'elle avait sur le nez.

— Malcolm est finalement parvenu à te retrouver ?

Morgana acquiesça en riant tandis que Bridget quittait discrètement la chambre de Rosalie.

— Tu le connais, tu sais qu'il est très difficile de lui échapper…

— Ça, c'est parce que tu n'as jamais véritablement essayé, rétorqua Rosalie avec un sourire sarcastique.

Depuis l'esclandre matinal du comte Greenwald, ni Malcolm ni Morgana n'avaient reparu de la journée. Ce qui signifiait qu'ils avaient probablement passé toutes ces heures à batifoler. Rosalie n'en était ni étonnée ni choquée. Sa sœur et son beau-frère étaient coutumiers du fait et ils avaient tous fini par s'y habituer.

— Et pourquoi aurais-je dû faire une chose pareille ?

— Je ne sais pas, peut-être parce que la décence l'imposait et qu'à l'époque, tu n'étais pas encore mariée, la taquina Rosalie.

Toute la famille, à l'exception de Daphné et de Mary, savait que Malcolm avait compromis Morgana bien avant leur mariage et qu'il avait fallu toute la force de persuasion de Malcolm et de feu l'oncle Gerald, pour la convaincre malgré tout de se marier.

Morgana haussa les épaules.

— Tu sais parfaitement le peu d'importance que j'accorde à ces détails…

— J'aimerais avoir ta légèreté… moi je suis encore mortifiée d'avoir perdu ma virginité.

— Je ne vois vraiment pas pourquoi. Tu as pris du plaisir, non ?

Les lèvres de Rosalie s'ourlèrent doucement. Venant de toute autre femme, elle aurait trouvé cette question insultante, mais Morgana ne ressemblait à personne et elle s'exprimait toujours avec une telle sincérité et un tel naturel qu'on ne pouvait que s'en amuser.

— Là n'est pas la question. Que vais-je dire à William le soir de mes noces ?

— « Aïe », tu diras « aïe » et tu déposeras discrètement un peu de sang sur tes draps.

— Je sais... je sais ce que j'ai à faire, mais c'est tellement malhonnête, soupira-t-elle en baissant les yeux.

Elle se sentait coupable, tellement coupable mais comment faire autrement ? Si William découvrait le soir de sa nuit de noces qu'il n'était pas le premier, il demanderait l'annulation de leur mariage. Ce qui aurait pour effet de ruiner l'honneur des Charbrey et de compromettre gravement l'avenir de Mary et de Daphné.

— Malhonnête ? Tu veux vraiment savoir ce qui est malhonnête ? Ce qui est malhonnête, c'est ce raisonnement sans fondement qui pousse les gens à adorer les libertins et à conspuer les femmes qui les imitent.

Rosalie lui jeta un regard choqué.

— Morgana !

— Quoi ? Admets que c'est tout à fait illogique.

— Oui... non, je ne sais pas... Oh, mon Dieu, mais que m'a-t-il pris de faire une chose pareille ? Comment ai-je pu me montrer tellement imprudente ? Je crois que si ce maudit duc se tenait en ce moment même devant moi, je serais capable de l'étrangler !

Morgana esquissa un sourire.

— Ton désir risque d'être bientôt comblé. Il paraît que ton suborneur est de retour.

Rosalie resta quelques secondes abasourdie. Langford avait disparu depuis près de deux ans. Durant tout ce temps, il n'avait ni écrit ni fourni la moindre explication sur les raisons de son abandon. Il l'avait séduite, puis il s'était simplement évanoui dans la nature en piétinant son cœur et en le réduisant en lambeaux. Et alors qu'elle commençait à peine à s'en remettre et à ne plus se réveiller tous les matins le visage encore humide de larmes, alors qu'elle était enfin prête à se construire un foyer stable et douillet, il réapparaissait brusquement au risque de détruire son existence à nouveau ? Ah non, non, pas question...

— Rosalie ? Tout va bien ? s'alarma tout à coup Morgana en la voyant soudain s'appuyer contre le mur.

— Je... je suis juste un peu lasse, répondit-elle, crispée.

Morgana, absolument pas dupe, l'observa d'un air inquiet.

— Rosalie, es-tu toujours amoureuse de Langford ?

— Est-ce que ça revêt vraiment une quelconque importance ?

— Évidemment ! Les mariages d'amour sont tellement plus forts, plus épanouissants...

Rosalie sentit ses poils se hérisser. Aimer, faire un mariage d'amour… c'était à croire que Morgana n'avait que ce mot à la bouche. Seulement voilà, Rosalie ne voyait pas – ou plutôt plus – les choses ainsi.

— De quel mariage parles-tu, Morgana ? À ce que je sache, John ne m'a jamais demandé de l'épouser.

Bien au contraire. John Murphy était un horrible débauché qui ne cachait ni ses aventures ni ses frasques et qui affirmait à qui voulait l'entendre qu'il préférerait mourir plutôt que d'affronter une nouvelle fois les chaînes du mariage.

— Oui, mais si tu l'aimes, comment pourras-tu être heureuse avec un autre homme ?

— Tu m'as dit, quelque temps après la mort de nos parents, que le bonheur ne dépendait de personne. Qu'on devait le décider, que c'était une question d'état d'esprit…

— Certes, mais…

— Mais quoi ?

Morgana fronça les sourcils. Elle n'avait pas émis la moindre objection aux épousailles de sa sœur parce qu'elle pensait que les sentiments et la passion que Rosalie ressentait pour Langford avaient disparu et que c'était ce qu'elle souhaitait, mais elle commençait soudain à douter du bien-fondé de sa décision.

— Les émotions sont tellement plus fortes, le quotidien tellement plus joyeux lorsqu'on est amoureux.

Rosalie afficha soudain un air buté.

— N'insiste pas, Morgana. Cette histoire est terminée, et je ne tiens pas à en reparler.

D'ailleurs, comment l'aurait-elle pu ? Elle ne comprenait même plus comment elle avait pu se montrer aussi stupide et insouciante durant ce fameux été et elle ne se pardonnait ni sa faiblesse d'alors ni d'avoir manqué à ce point de retenue et de dignité.

— Rosalie, je ne crois pas que…

— Morgana, s'il te plaît…

Morgana soupira. Elle avait déployé beaucoup d'énergie après la mort de leurs parents à soutenir Rosalie et à l'empêcher de se replier sur elle-même. Sa sœur cadette était bien élevée et charmante, mais sa nature réservée la poussait à s'isoler lorsqu'elle ressentait de la peine.

— Si c'est vraiment ce que tu veux, alors soit, déclara Morgana en posant doucement sa main sur la sienne. Mais n'oublie pas que si jamais tu changes d'avis ou que tu ressens le besoin de te confier, je suis là, ma chérie, ajouta-t-elle avant de quitter la chambre à regret.

Chapitre 4

Un peu plus tard, dans la soirée, Rosalie descendit dans la salle à manger et rejoignit ses trois sœurs et son beau-frère pour dîner. Comme chaque soir, il régnait autour de la table un joyeux brouhaha où se mêlaient les rires et des bribes de conversation.

— Désirez-vous réciter l'action de grâces, Rosalie ? demanda gentiment Malcolm tandis qu'elle s'installait près de Mary.

Rosalie hocha la tête, s'acquitta rapidement de cette tâche et entama ensuite silencieusement son entrée tandis que les quatre autres sautaient du coq à l'âne en débattant sans complexe à la fois des extravagances architecturales de John Nash, de l'émancipation des catholiques, et des clauses du traité de Gand...

— Vous êtes bien silencieuse ce soir, êtes-vous souffrante, Rosalie ? s'inquiéta soudain Malcolm au milieu du dîner.

— Oh, elle l'est sûrement. Comment expliqueriez-vous autrement qu'elle veuille nous quitter pour un homme aussi ennuyeux que ce vicomte d'Edgfield ? remarqua Daphné avec impertinence.

— Il est vrai qu'il n'est guère amusant, soupira Mary en regardant d'un air gourmand un domestique lui servir son dessert avant de reporter son attention sur Rosalie et d'ajouter : Je suis sûre qu'il n'a jamais attrapé de grenouille ou qu'il n'est jamais grimpé à un arbre.

Rosalie haussa les épaules.

— Et alors ? C'est un homme, pas un singe.

— C'est dommage, ils sont drôlement malins les singes, déclara Mary en avalant une bouchée de son gâteau.

— C'est ce qu'on dit, en effet, acquiesça Malcolm en essayant de conserver son sérieux.

— Je crois avoir lu une étude très intéressante de Johann Karl Wilhelm Illiger à leur sujet, intervint Morgana, le front plissé comme si elle cherchait dans ses souvenirs.

— On pourrait en adopter un, suggéra Daphné.

— Oui, oui ! Un singe serait bien plus distrayant que le vicomte ! On pourrait lui donner à manger, jouer avec lui... approuva Mary avec enthousiasme.

Malcolm se racla la gorge et tourna un regard hilare en direction de Rosalie.

— Hum, voilà une proposition pour le moins intéressante... qu'en dites-vous, ma chère ?

Rosalie leva les yeux au ciel.

— J'en dis qu'il y a déjà suffisamment de primates dans cette pièce capables de nous distraire.

— Oh, tu n'es vraiment pas gentille ! gémit Mary, déçue.

Rosalie, peu désireuse de poursuivre cette discussion, décida qu'il était temps de détourner la conversation.

— Il paraît que les troupes de Napoléon sont mieux armées que les nôtres, est-ce vrai, milord ?

— En effet. Néanmoins, la stratégie que…

Malcolm commença un long discours un peu barbant sur les différentes stratégies militaires que toutes écoutèrent patiemment. Puis, les conversations reprirent au grand soulagement de Rosalie, sans que personne ne songe à remettre cette histoire de singe sur le tapis.

— Au fait, Rosalie, j'espère que vous ne m'en voudrez pas, mais je me suis permis de convier un vieil ami à vos noces, déclara soudain Malcolm à la fin du repas en se tournant vers sa belle-sœur.

Elle plaqua un sourire sur son visage.

— Vraiment ?

— Langford est rentré depuis peu et j'ai pensé qu'il apprécierait cette attention et sauterait sur l'occasion pour nous rendre visite, poursuivit Malcolm en souriant.

Rosalie sentit que son cœur manquait un ou deux battements. Son cerveau se remplit de milliers d'arguments capables de démontrer l'inconvénient qu'il y avait à ajouter un nouveau convive à la fête et le dérangement que cette invitation impromptue causerait si peu de temps avant le mariage. Mais curieusement, sa bouche refusa d'en formuler une seule.

— Vous avez bien fait, répondit-elle d'une voix étrangement neutre.

Morgana, qui avait remarqué le petit tremblement sur les lèvres de Rosalie, détourna le regard d'un air gêné. Elle n'avait jamais raconté à Malcolm ce qu'il s'était passé deux ans plus tôt entre John Murphy et sa sœur par crainte de ses réactions. Elle savait parfaitement que son sens du devoir et son honneur le conduiraient soit à demander réparation à Langford et à le provoquer en duel, soit à le conduire pieds et poings liés à l'église pour l'obliger à épouser Rosalie. Or, aucune de ces deux solutions ne lui semblait pleinement satisfaisante.

— J'étais sûr que vous m'approuveriez.

Morgana poussa un soupir exaspéré. Était-il donc aveugle ? Ne voyait-il pas à quel point Rosalie était chamboulée ? Non, bien sûr que non. D'ailleurs, quel homme et a fortiori quel Écossais borné était capable de voir ce genre de chose ?

— Rosalie, lady Fairsax m'a écrit qu'elle comptait sur ta présence à son bal, ce prochain vendredi. Il semble que le vicomte d'Edgfield ait déjà accepté son invitation, que dirais-tu de t'y rendre avec lui ? Tu n'as pas vu William depuis près de trois semaines, ce serait une excellente occasion de te distraire, suggéra tout à coup Morgana.

Rosalie ouvrit la bouche pour refuser, puis sembla tout à coup se raviser.

— Tu as raison. Je pourrai ainsi rendre visite à mon éditeur, j'ai terminé hier mon manuscrit et je suis certaine que M. Holliver a grand hâte de le lire.

— Eh bien, voilà qui semble parfait. Je vais de suite écrire à notre tante pour la prévenir de ton arrivée, répondit Morgana.

Malcolm fronça les sourcils.

— Chez ta tante ? Mais pour quoi faire ? Notre résidence de Londres est gigantesque et Hobson prétend que les domestiques commencent à y mourir d'ennui.

— Il est hors de question que ma sœur séjourne seule à Londres, lui fit remarquer Morgana avec fermeté.

— En effet, mais puisque j'ai des affaires urgentes à régler, rien ne m'empêche de l'accompagner.

— Si je comprends bien, tu proposes d'emmener Rosy au bal ou dans tous les endroits où elle sera invitée et de lui servir de chaperon ?

Malcolm poussa un gémissement déchirant. Il avait horreur de tous les bals, de toutes ces soirées mondaines et de tous ces idiots qui cherchent toujours à vous accaparer.

— Non... je n'ai jamais prétendu... mais enfin, Morgana, tu veux donc ma mort ?

— Cela m'arrive, oui.

— Tu n'as pas de cœur.

Rosalie, qui se mordait les lèvres pour dissimuler son amusement, intervint tout à coup :

— Morgana a raison, je serai bien plus à l'aise chez tante Agatha... je sortirai, elle m'accompagnera partout... ce sera plus simple pour tout le monde.

— Comme tu voudras, répondit Morgana en lui souriant, puis elle coula un regard vers son mari et ajouta : Malcolm, promets-moi de ne pas embarrasser Rosalie durant son séjour à Londres en participant à une rixe ou à un scandale quelconque.

— Mais enfin, que vas-tu imaginer ? Je n'y vais pas pour me distraire ! protesta Malcolm.

Elle arqua un sourcil.

— Cela signifie-t-il que tu ne joueras pas aux cartes ? Que tu ne boiras pas et que tu ne te battras pas avec tes amis ? demanda-t-elle d'un ton railleur.

— Ah, ma chère, ce ne sont pas là de simples « distractions » mais des activités physiques et intellectuelles nécessaires à la préservation de la santé mentale et physiologique de tous les gentlemen !

Morgana se retint de sourire. Malcolm était certes un aristocrate, mais il n'avait rien d'un gentleman. Ni dans l'attitude ni dans le caractère. En froid avec son père depuis des années, il avait hérité d'une petite fortune et des terres de sa famille maternelle. Une fortune que son intelligence hors norme, son absence de principes moraux et son caractère intransigeant s'étaient empressés de faire fructifier. Il s'était construit un patrimoine colossal, et si certains le considéraient comme un véritable génie des affaires, d'autres lui reprochaient son manque de scrupules et l'accusaient d'être une canaille.

— Ainsi qu'à celles des barbares écossais, je suppose ?

— Exactement !

— Oh, Seigneur, qu'est-ce qu'il ne faut pas entendre ! lança-t-elle avant de se lever de sa chaise et de proposer à Rosalie de la suivre dans le petit salon pour vérifier les dernières commandes de fleurs qu'elle avait l'intention de faire parvenir aux fournisseurs.

Chapitre 5

La maison de lady Agatha Carrington était simple et cossue, elle était située dans un quartier chic et tranquille de Londres. Les jardinières qui ornaient les fenêtres et la roseraie derrière les vitres du jardin d'hiver apportaient beaucoup de charme à l'ensemble. Rosalie, qui grimpait les escaliers sous le regard protecteur de Malcolm l'observant depuis leur attelage, sourit gentiment à Chambers, le majordome de sa tante, dès qu'il ouvrit la porte.

— Bonjour, lady Rosalie, fit-il, le regard luisant de joie contenue.

— Bonjour, Chambers, déclara Rosalie en regardant, amusée, l'un des valets lui passer littéralement sous le nez et se précipiter vers la calèche pour récupérer ses bagages.

Elle haussa les sourcils.

— Ce garçon paraît bien nerveux...

— En effet, milady, répondit-il d'une voix polie mais contenant une pointe de contrariété.

— Quelque chose ne va pas, Chambers ?

— Il paraît que ce garçon est lion ascendant capricorne, milady, répondit-il, le regard tourné vers la porte.

Rosalie lui jeta un regard surpris.
— Vraiment ?
— Oui. Pourtant, il ne semble guère doué.
Elle écarquilla les yeux, perplexe.
— Certes non... mais j'avoue ne pas comprendre...
— Il s'agit de lady Carrington, lady Rosalie. Elle a décidé d'engager un nouveau valet et de le choisir en fonction de son signe astrologique. Elle dit que c'est un système plus fiable et bien moins ennuyeux que de lui demander ses références.
Rosalie s'esclaffa. Lady Agatha Carrington était réputée pour son originalité et le nombre incalculable de fadaises qu'elle était capable de raconter lorsque l'envie lui prenait. Bien moins excentrique et bien plus intelligente qu'elle ne voulait le faire croire, elle se permettait toutes les libertés et les loufoqueries que sa folie présumée et son rang lui accordaient.
— J'imagine que ça doit vous paraître étonnant, Chambers, répondit-elle d'un air compatissant tout en ôtant ses gants. Mais vous connaissez ma tante, elle ne se fie qu'à son propre jugement, alors à quoi pourraient donc lui servir de vulgaires lettres de références, je vous le demande ?
Le majordome ne put s'empêcher de sourire.
— Lady Carrington est dans le petit salon, lady Rosalie. Désirez-vous que je vous annonce ?
Rosalie lui lança un regard méfiant.
— Cela dépend... a-t-elle de la visite ?
— Oui. Elle prend le thé en compagnie de lady Hampton et de lady Bromsfeld.
Merveilleux... Sa tante recevait deux des plus grandes commères de Londres... il ne manquait plus

que ça ! Elle qui pensait pouvoir jouir d'une heure ou deux de tranquillité après son voyage...

— Très bien. Pouvez-vous demander à Gladys de me préparer un thé de Ceylan et des petits gâteaux, Chambers ? Je meurs de faim, soupira-t-elle avant de lui tourner le dos et de se diriger vers le couloir.

En entrant dans le petit salon, Rosalie trouva ces dames assises, devisant tranquillement autour d'une tasse de thé.

— Oh, Rosalie, tu es enfin arrivée ! Mais pourquoi Chambers ne m'a-t-il donc pas prévenue que tu étais ici ! ? s'exclama lady Carrington d'une voix aiguë en la voyant entrer.

Rosalie sourit à la femme brune d'âge mûr, au visage rond et aux épaules carrées qui avançait vers elle.

— Ne lui en veuillez pas, ma tante, j'étais si impatiente de vous voir que je ne lui ai pas laissé le temps de se retourner !

— Voilà qui me réjouit, mon enfant, vous avez une mine délicieuse ! Venez donc que je vous présente à mes très chères amies, déclara-t-elle d'un ton impérieux en l'entraînant vers une femme rousse au visage sévère et une petite blonde un peu boulotte au regard vif et acéré qui l'observait avec un intérêt non dissimulé. Lady Hampton, lady Bromsfeld, je vous présente ma nièce, lady Rosalie Charbrey.

Les trois femmes échangèrent quelques politesses d'usage, puis Rosalie prit place sur une chaise autour de la petite table et resta silencieusement à écouter leurs bavardages tandis que Chambers lui apportait une tasse de thé et des petits gâteaux.

— Ma chère, lady Mellow n'ose même plus sortir de chez elle ! Pensez donc, sa fille surprise dans un jardin d'hiver seule en compagnie d'un homme avec la réputation de lord Mensdale ! La pauvre est irrémédiablement compromise et l'homme qui montrerait un intérêt à cette jeune fille deviendrait rapidement la risée de Londres, affirmait lady Hampton avec une joie mauvaise dans le regard.

— Eh oui ! Elle a beau être jolie et riche, ces messieurs détestent être ridiculisés et je crains que lady Mellow n'ait pas le choix après un tel scandale que de lui trouver un mari à l'étranger, approuva lady Bromsfeld avec un faux air d'empathie.

— De toute façon, ce sera forcément une mésalliance, ajouta lady Hampton.

— Si lord Mensdale a effectivement séduit une innocente, il a commis une erreur impardonnable et il est tout aussi coupable que peut l'être cette jeune fille, leur fit remarquer lady Carrington.

Lady Hampton écarquilla les yeux.

— Ma chère amie, vous n'osez tout de même pas suggérer qu'il demande cette petite délurée en mariage ?

— Si, bien sûr que si, répondit lady Carrington en reposant sa tasse sur la table.

— Voyons, ma chère, vous n'y pensez pas… aucun homme raisonnable ne prendrait une petite garce de ce genre pour épouse !

— Et lord Mensdale n'est pas homme à se contenter d'une marchandise avariée, ricana lady Bromsfeld.

— Alors il ne fallait pas la détériorer, remarqua lady Carrington avec un sourire acide.

— Ma chère, vous connaissez le baron, l'avez-vous déjà vu payer une seule dette sans rechigner ?

— Et puis à quoi bon payer pour quelque chose qui nous a déjà été si gracieusement offert ? s'esclaffa lady Hampton.

Rosalie n'appréciait pas lady Hampton. Si elle goûtait généralement l'humour, elle détestait les gens qui faisaient de l'esprit aux dépens des autres.

— Oh, mon Dieu ! J'ignorais que lord Mensdale était si peu digne d'estime ! déclara-t-elle soudain, faussement outrée. Voilà un homme que je déconseillerais à mon beau-frère, à ses amis ainsi qu'à toutes les femmes honnêtes que j'ai dans mes relations, de recevoir.

— Mais, ma chère, ce n'est pas ce que nous avons dit, vous n'avez pas compris, se récria soudain lady Hampton.

— Oh mais si, mais si ! Vous avez dit que ce n'était pas un homme d'honneur, qu'il ne payait jamais ses dettes et qu'il avait mauvaise réputation ! la contredit Rosalie avant de couler un regard vers lady Carrington qui jubilait intérieurement.

Car lady Hampton et lady Bromsfeld avaient commis une erreur de taille en remettant publiquement en question le sens de l'honneur de Mensdale et en jetant la suspicion sur ses finances. Et qu'elles l'aient fait sur le ton ou non de la plaisanterie n'y changeait rien. Mensdale n'était que baronnet. Il ne possédait ni la fortune ni l'oreille du régent, bref il n'était pas grand-chose eu égard à la puissance et aux richesses des Greenwald et des Charbrey. Si Rosalie, sa famille et leurs amis menaient campagne contre lui, il n'avait aucune chance de s'en sortir. Il finirait tel un paria et devrait s'exiler à la campagne comme tous ceux que la haute société avait rejetés avant lui.

— Certes, certes, j'avoue que la situation est délicate, admit lady Bromsfeld à contrecœur.

— Oui, n'est-ce pas ? D'ailleurs, de vous à moi, je vous sais gré de nous avoir prévenues contre cet homme. Nul ne devrait ignorer la véritable nature de cet individu, déclara Rosalie avec un sourire faussement reconnaissant.

Lady Hampton et lady Bromsfeld échangèrent un regard embarrassé.

— Je pense que lord Mensdale n'est peut-être pas aussi immoral qu'on le pense, répondit lady Hampton, et qu'on devrait lui laisser une chance de prouver sa valeur...

— En épousant miss Mellow, vous voulez dire ? demanda Rosalie en hochant doucement la tête comme si elle approuvait hautement cette idée.

— Il est évident que si ce rendez-vous dans la serre était un acte romantique entre deux fiancés, il n'y aurait plus rien à redire, ajouta lady Carrington en jetant un regard appuyé aux deux commères.

— En effet, acquiesça lady Bromsfeld avec un sourire forcé.

— Euh... oui, oui, évidemment... déglutit lady Hampton.

Quelques minutes plus tard, les deux femmes prenaient congé en prétextant l'une une migraine, l'autre un rendez-vous urgent.

— Vous avez fait des progrès ! s'esclaffa lady Carrington quelques secondes après leur départ en dévisageant sa nièce d'un air ravi.

Lors de sa première présentation trois ans plus tôt, Rosalie ressemblait à une ravissante petite créature timide et insipide. Depuis, lady Carrington avait découvert avec jubilation à travers ses écrits quel caractère espiègle, quel esprit affûté et vif se cachaient derrière ses yeux baissés et son sourire docile et elle ne pouvait s'empêcher d'être secrètement impressionnée.

— Merci, ma tante.

— La manière dont vous avez cloué le bec de ces deux commères était admirable ! J'avoue ne pas m'être autant amusée depuis longtemps !

Les yeux de Rosalie pétillèrent de malice.

— Pensez-vous qu'elles se soient ruées chez lord Mensdale pour le convaincre d'épouser cette malheureuse miss Mellow ?

— Sans aucun doute !

— Alors c'est parfait…

— En êtes-vous sûre ? Épouser un homme comme Mensdale ne garantira probablement pas son bonheur, vous savez ?

— Oui, mais je sais aussi que si ce scélérat ne l'épouse pas, sa famille vendra cette jeune imprudente à un vieillard lubrique ou, pire, à un aventurier avec un nom imprononçable qui ne s'intéressera qu'à sa dot et qu'elle finira ruinée...

Lady Carrington secoua doucement la tête.

— Vous portez toujours un regard tellement cynique sur ce monde, Rosalie...

Cette dernière se mit à rire.

— Je plaide coupable, ma tante, mais je vous promets d'essayer de m'amender.

— Tant mieux ! La légèreté est la seule humeur qui sied aux futures jeunes mariées, déclara lady Carrington en lui resservant une tasse de thé. Alors racontez-moi, comment Morgana s'en sort-elle avec les préparatifs de votre mariage ?

Chapitre 6

John n'avait pas eu une pensée lucide depuis le jour où il avait appris le prochain mariage de Rosalie et il n'en comprenait pas la raison. La nouvelle de cette union aurait dû pourtant le réjouir : elle le libérait à la fois de sa culpabilité de l'avoir abandonnée et de l'étrange folie qui le prenait dès qu'il se trouvait à ses côtés. Mais il avait beau y songer et reconnaître la justesse de ce raisonnement, il ne parvenait pas à se sentir véritablement soulagé. Bien au contraire. Imaginer qu'elle puisse bientôt appartenir à un autre homme et se donner à lui lui donnait d'inexplicables envies de meurtres.

— Votre grâce ?

John tourna la tête et salua le capitaine Hardale, un officier qui paradait en uniforme écarlate. Il échangea quelques mots avec lui ainsi qu'avec son compagnon, le baron Barough, qui l'accompagnait tout en cherchant du regard un visage familier.

Cela lui paraissait étrange de se retrouver dans un salon réunissant une partie de la haute société britannique et d'y entendre uniquement parler anglais alors que dans la plupart des endroits qu'il avait fréquentés dernièrement, l'allemand prédominait.

— Ces dames ont dû être comblées d'apprendre votre retour, Votre Grâce. Elles prétendent que vous n'avez pas votre pareil pour égayer une soirée ou rendre inoubliable la plus terne des réceptions, dit le baron Barough d'un ton flatteur en voyant le regard de Langford s'attarder distraitement sur quelques débutantes.

Il n'en connaissait aucune. En deux ans, la plupart d'entre elles avaient déjà probablement trouvé chaussure à leurs pieds et convolé en justes noces.

— Ces dames sont bien trop indulgentes et me gratifient souvent de bien plus de talents que je n'en possède.

Le baron se mit à sourire.

— En tout cas, votre charme légendaire opère. Les jeunes filles qui semblent généralement si fascinées par l'uniforme semblent dédaigner ce soir les officiers et ont toutes les yeux tournés dans votre direction.

Langford esquissa un rictus.

— Alors elles risquent fort d'être déçues... Les débutantes ne m'ont jamais intéressé, pas plus que ces étranges foires au mariage qui ont lieu chaque saison.

Le capitaine Hardale s'esclaffa.

— Étant moi-même un célibataire endurci, je ne peux que vous comprendre.

— Comment, Hardale ? Il me semble pourtant vous avoir vu soupirer après lady Rosalie Charbrey la saison dernière, remarqua le baron d'un ton amusé.

John s'immobilisa brusquement.

— Bien inutilement, mon cher. Elle va bientôt épouser le vicomte d'Edgfield, un jeune blanc-bec sans intérêt, répondit Hardale en soupirant.

Le baron haussa les épaules.

— Un choix surprenant, si vous voulez mon avis. Une jeune fille dotée de tant de qualités méritait au moins d'épouser un marquis.

John réprima une grimace. Un marquis ? Non. Ni un marquis ni qui que ce soit. Elle était compromise. *Il* l'avait compromise. Et il ne comprenait pas, au vu de la situation, qu'elle ne se soit pas résolue comme l'honneur et la décence l'exigeaient à n'épouser personne. Car, enfin, quoi ? Était-elle donc complètement inconsciente ? Ne réalisait-elle pas le scandale que son futur mari risquait de déclencher s'il découvrait qu'il n'était pas le premier ? À moins, bien sûr, qu'elle… non, non, Rosalie avait bien trop de scrupules pour faire croire à Edgfield que…

Il secoua soudain la tête. Quel idiot il faisait ; bien sûr que si, elle allait oser. Du reste, elle n'avait pas le choix.

— De quelles qualités voulez-vous parler, je vous prie ? demanda John en essayant de dominer sa contrariété.

— Ah ça, mon cher, êtes-vous donc aveugle ? demanda le baron en riant.

— Le duc est un homme puissant et qui a beaucoup de succès auprès des femmes, il est donc normal qu'il soit moins impressionné par la beauté et la grâce de lady Rosalie que la plupart des hommes, remarqua Hardale.

Sa beauté ? Sa grâce ? C'était tout ce que ces imbéciles voyaient en elle ? Oh non, non... elle était bien plus que ça. De toutes les femmes qu'il avait connues, elle était la seule à lui avoir fait complètement perdre la tête, songea Langford en regrettant amèrement d'être venu.

— Là, vous me surestimez, Hardale, je ne suis pas aussi blasé que vous l'imaginez, répondit-il avec une pointe d'agacement.

Bon sang, cet imbécile de baron ne pouvait-il se contenter de discuter du temps, de la politique ou des courses, bref d'aborder des conversations de gentlemen au lieu de cancaner comme une maudite femelle ?

Le baron s'esclaffa.

— Non, non, vous n'y êtes pas, Hardale. Sa Grâce a toujours préféré les femmes épanouies aux délicieux boutons de rose, elles sont bien plus faciles à séduire. N'est-ce pas Langford ?

— Certaines, comme la vôtre, le sont plus que d'autres, baron...

Le baron Barough était l'un des plus célèbres cocus d'Angleterre. Sa femme ne montrait d'ailleurs en la matière aucune discrétion et traînait toujours dans son sillage un jeune homme désargenté soucieux de son bien-être, qu'elle couvrait d'attentions et de cadeaux somptueux.

Hardale fronça les sourcils. Car même si tous connaissaient l'accord qui existait entre les deux époux, il était très discourtois d'y faire directement allusion devant les parties concernées.

— Je...oui, oui, certes, répondit le pauvre baron d'un ton embarrassé.

John soupira. Il n'était pas dans ses habitudes de se montrer blessant, mais il en avait assez. Assez des regards appuyés de toutes ces mères qui espéraient qu'il inviterait leurs filles à danser, assez de toutes ces gamines battant des cils d'un air faussement innocent, assez de cette discussion et de ces deux imbéciles. Il avait besoin d'air. D'air et d'oubli. Il était temps de conclure cette conversation. S'excusant vaguement auprès de ses interlocuteurs, il s'éloigna rapidement vers la porte.

Le *Dalhia blanc* était l'un des plus anciens et des plus chics lieues de plaisir Londonien. Bien tenu, d'une élégance discrète, il ressemblait, avec sa grille forgée et sa façade luxueuse, à une très jolie maison d'habitation.

Une femme d'une cinquantaine d'années, au visage encore beau quoique indubitablement marqué par les années et à l'allure élégante, avança vers Malcolm. Ce dernier reconnut aussitôt Amélia, la propriétaire de l'établissement, une redoutable femme d'affaires possédant la mémoire d'un éléphant et la dureté d'un roc.

— On vient de me prévenir de votre arrivée, monsieur le comte, fit-elle en faisant la révérence.

— Bonsoir, Amélia, cela fait fort longtemps.

Des gloussements, de la musique, des rires parvenaient aux oreilles de Malcolm. Nom d'un chien, si jamais il croisait l'une de ses connaissances et que

Morgana apprenait que… non, il n'osait même pas y songer.

— En effet, milord. Fitz m'a fait savoir que vous souhaitiez me parler. En quoi puis-je vous être aider ?

— Je cherche quelqu'un…

Ses yeux s'étrécirent.

— Oh, milord, vous connaissez les règles de la maison. Vous savez très bien que je ne peux…

Il l'interrompit aussitôt :

— Langford est-il ici, Amélia ?

Amélia réfléchit. Elle avait souvent vu les deux hommes ensemble et connaissait leur amitié. De plus, Greenwald était immensément riche et avait été avant son mariage un excellent client. Elle ne désespérait pas de le voir redevenir un jour l'un des piliers du *Dahlia Blanc* et ne tenait donc pas à le contrarier inutilement. Mais elle avait des devoirs vis-à-vis de sa clientèle et des principes auxquels elle ne pouvait déroger.

— En ce cas, pourquoi ne pas vous rendre chez lui ? Sa Grâce sera probablement ravie de vous recevoir, remarqua-t-elle avec tact.

— Certes, mais je n'ai pas l'intention d'attendre…

Puis, elle vit le comte sortir de sa poche une bourse pleine et la lui tendre en disant :

— Alors ?

Bon sang, il doit y avoir au moins dix livres d'or, songea-t-elle intérieurement. Une belle fortune. Oh, et puis après tout, pourquoi pas ? Qu'avait-elle à perdre après tout ? Langford était soûl comme une barrique, il y avait peu de chances qu'il soit encore en état de parler ou de se souvenir de quoi que ce soit.

— Il est dans la chambre du marquis au deuxième étage, capitula-t-elle en saisissant la bourse.

— Merci, Amélia, fit Malcolm.

— De rien, mais je vous préviens, monsieur le comte, si Sa Grâce me fait la moindre remarque…

— Ce ne sera pas le cas.

— Parfait. Alors bonne soirée, milord, et s'il vous faut une fille ou autre chose, n'hésitez pas à demander. Ici, le client est roi, répondit-elle avant de se tourner vers le valet solidement charpenté qui se tenait à ses côtés.

— Harrold, accompagne monsieur le comte, je te prie. Et veille à ce qu'il ne se perde pas.

Malcolm réprima un sourire de satisfaction, suivit le domestique dans les couloirs et entra directement dans la chambre où se trouvait Langford.

— Greenwald ! ? Nom d'un chien ! Mais qu'est-ce que tu fiches ici ! ? s'exclama ce dernier en le voyant brusquement surgir dans la pièce.

— Tu sais ce qu'on dit : si la montagne ne vient pas à Mahomet… grommela Malcolm en ignorant délibérément le regard lascif de la femme blonde et plantureuse assise sur les genoux du duc.

— Si je comprends bien, tu étais si impatient de me voir que tu n'as pas pu t'empêcher de venir me chercher dans ce lieu de perdition ? ricana John d'une voix éméchée.

— Penses-tu… j'ai dû faire une dizaine d'autres bordels avant de te débusquer…

— Que veux-tu que je te dise ? Je déteste la routine...

— Ce n'est pourtant pas l'impression que j'ai, ricana Malcolm en balayant la chambre du regard.

Les draps, les tentures, le tapis étaient d'un rouge flamboyant, de gigantesques miroirs recouvraient le plafond et l'un des murs, et le lit pouvait accueillir deux, trois ou quatre invités...

— Tu es venu me faire la morale ? demanda John d'une voix pâteuse.

— Non, je suis venu te tenir compagnie.

— Je ne voudrais pas te vexer, Greenwald, mais le moment est relativement mal choisi, déclara Langford en tripotant la poitrine partiellement découverte de la blonde qui se mit à glousser.

— Si tu comptes lutiner cette fille, vas-y, ne te gêne pas pour moi, mais je te préviens, je ne bougerai pas, grommela Malcolm en prenant la bouteille et le verre qui trônaient sur la table de chevet.

— Tu plaisantes, j'espère ?

— Non.

La fille se remit à pouffer.

— Si vous voulez mater, monseigneur, il faudra payer un supplément, lança-t-elle d'une voix aigrelette.

Malcolm secoua la tête, se versa un verre et l'avala d'un seul trait.

— Bon, alors tu comptes honorer cette fille ou tu préfères perdre ton temps à te disputer avec moi ?

— Je pourrais aussi fendre ton crâne avec cette bouteille..., rétorqua le duc.

Malcolm fit claquer sa langue.

— Et gâcher ce bon whisky ?

— Bon sang, Greenwald ! Ce que tu peux être rabat-joie ! s'exclama Langford en poussant la blonde sur le côté avant d'attraper la bouteille et de glisser le goulot entre ses lèvres.

Puis une ou deux lampées plus tard il se tourna vers la fille.

— Désolé, ma belle, mais la fête est terminée.

— Croyez bien que je le regrette, Votre Grâce ! fit-elle d'une voix haut perchée en sautant prestement du lit.

Puis, elle attrapa un peignoir, lui envoya un baiser du bout des lèvres et s'éclipsa non sans ajouter :

— J'espère que vous reviendrez vite, c'est pas tous les jours qu'on a de si beaux hommes dans not' lit.

John l'écouta vaguement sans répondre. Venant de n'importe laquelle de ses maîtresses, il aurait apprécié le compliment. Mais au vu de sa longue expérience avec les prostituées, il avait appris que la plupart des filles ne disaient jamais réellement ce qu'elles pensaient.

— Bon, voilà ! Satisfait ? soupira-t-il en se tournant vers Greenwald une fois qu'elle eut disparu.

Malcolm grimaça.

— Oui et non… qu'est-ce qu'on fait maintenant ?

— Attends ! Tu plaisantes ? Moi je m'amusais bien et c'est toi qui… après deux ans, franchement laisse-moi te dire que tu abuses…

Malcolm se gratta la tête puis fronça tout à coup les sourcils.

— Ah oui, c'est vrai : deux ans ! Tu fais bien de me le rappeler, j'ai failli oublier…

Puis il lui écrasa brutalement son poing sur le nez.

Chapitre 7

Le duc de Langford se réveilla le lendemain matin avec l'impression qu'on avait tiré un coup de canon sous son crâne. Force était de le reconnaître, Greenwald n'avait pas perdu la main, se battre contre lui était aussi agréable que de se faire piétiner par un cheval. Pourtant, curieusement, John ne lui en tenait pas rigueur. Ces coups, il les avait amplement mérités. Laisser son meilleur ami se faire du mauvais sang durant deux ans sans même prendre la peine de lui donner des nouvelles était indigne et Malcolm était parfaitement en droit de se venger. Et pas uniquement pour cette raison, d'ailleurs. Même s'il l'ignorait.

— Un certain M. Edwards demande à vous voir, Votre Grâce. J'ai eu beau lui dire qu'il était encore trop tôt et que vous ne receviez pas avant onze heures, il insiste et prétend que c'est urgent, déclara Benson, son majordome à Londres, en pénétrant dans la salle à manger où le duc terminait son petit déjeuner.

Le visage de John s'assombrit en entendant le nom de son visiteur. Edwards était le nom de code utilisé par les membres du cabinet secret du comte de Liverpool, le premier lord du trésor.

— Faites-le entrer, je vais le recevoir dans mon bureau, Benson, ordonna-t-il en se dirigeant vers la porte.

Nom d'un chien, qu'est-ce que cela signifiait ? Il avait été pourtant parfaitement clair : il n'était plus question pour lui de jouer les espions ou les diplomates d'antichambre dans les cours étrangères, plus question de s'aventurer dans des ruelles sombres, de tendre l'oreille et d'être sur le qui-vive à chaque bruit anormal ou de dormir avec un pistolet sous son oreiller. Sa mission était terminée. La sécurité de la couronne n'était plus à présent de son ressort mais de celui des pauvres fous qui continuaient à œuvrer discrètement dans la pénombre.

— Votre Grâce…

L'homme était de taille moyenne. Ses cheveux, coupés avec soin, encadraient un visage ni beau ni laid, sa mise était sobre. Bref, il avait un physique et l'allure banale d'un homme qui cherchait avant tout la discrétion.

— Je suis navré de vous déranger mais on m'a demandé de vous remettre ceci en main propre, déclara-t-il en lui tendant une lettre cachetée.

Langford ne se posa même pas la question de savoir qui était ce « on » que venait d'évoquer son visiteur. Il ne pouvait s'agir que de Liverpool.

— Je vous remercie, fit John en saisissant la lettre, Benson va vous raccompagner.

À sa grande surprise, l'homme secoua la tête.

— Je suis navré, monsieur le duc, mais « on » m'a bien précisé que je devais m'assurer que vous avez bien lu cette lettre et qu'il me fallait attendre votre réponse.

Hum... que mijote encore Liverpool ? songea John, de plus en plus intrigué en ouvrant l'enveloppe.

La lettre était concise, elle ne s'embarrassait ni de formules de politesse ni de propos inutiles et son contenu était des plus explicites :

Mon cher duc,

La belle de Troie est de retour sur nos terres et on la dit fort courroucée. Je ne saurais que vous exhorter à la prudence et vous prie de garder près de vous lord Hargrave que j'ai pris la liberté de vous envoyer. C'est un homme très capable et en qui j'ai toute confiance.

Votre dévoué,

Lord L.

Voilà qui n'arrange guère mes affaires, pensa Langford en balançant la lettre dans la cheminée. Alice Valère, autrement dit « la belle de Troie », n'était pas le genre d'ennemie qu'on pouvait prendre à la légère. C'était une tueuse sans scrupule et une espionne de tout premier ordre. Si elle était effectivement venue en Angleterre avec la ferme intention de se venger de lui, comme le prétendait Liverpool, alors il était en grand danger.

— Vous êtes donc lord Hargrave ? demanda Langford en observant cette fois attentivement son visiteur.

— En effet, monsieur le duc.

— Connaissez-vous la teneur de cette lettre et de votre mission ?

Lord Hargrave secoua la tête.

— Non. Mais « on » m'a dit que je devais me mettre à votre service et suivre vos instructions sans poser de question.

Langford réprima un sourire. Voilà qui était du Liverpool tout craché.

— Bien. Alors je vais être bref : quelqu'un va probablement tenter de me tuer. Votre rôle consistera à l'en empêcher.

Comme il s'y attendait, le visage de lord Hargrave resta impénétrable.

— Fort bien. Connaissez-vous le nom ou l'apparence de cette personne ? se contenta-t-il de demander posément.

— Elle s'appelle Alice Valère et elle change régulièrement de nom et d'apparence.

Hargrave fronça les sourcils.

— Alice Valère ? La belle de Troie ?

John poussa un soupir. Ce surnom lui allait comme un gant. Car belle, elle l'était assurément. Et il connaissait peu d'hommes capables de résister à son charme. Seulement voilà, il n'avait eu sur Langford aucun effet. Non pas qu'il n'ait pas apprécié les nuits qu'ils avaient passées ensemble, il les avait trouvées agréables et divertissantes, mais elle n'était pas parvenue, en dépit de ses multiples talents, à le détourner de sa mission. Bien au contraire. Pour la première fois de sa carrière, la belle avait été prise à son propre jeu. Et ça avait bien failli lui coûter la vie.

— Exact. L'avez-vous déjà rencontrée ?

— Pas personnellement, milord, mais j'ai lu pas mal de rapports la concernant.

John acquiesça. Comment réagirait Hargrave s'il lui avouait que la plupart de ces rapports avaient été écrits par lui ?

— Il est donc inutile de vous expliquer à quel point la menace est sérieuse ?

John n'avait pas peur. Il n'avait jamais eu peur ni d'Alice ni de qui que ce soit d'autre. Il était un Murphy. Et les Murphy n'étaient pas des personnes impressionnables. Mais ils étaient suffisamment malins pour évaluer les risques sans se voiler la face et prendre des décisions que la logique imposait.

— Il est en effet inutile de le préciser, Votre Grâce.

John hocha doucement la tête. Les hommes comme Hargrave n'avaient pas besoin qu'on leur explique plusieurs fois les choses, ni qu'on leur précise les modalités de ce genre de mission. Ils faisaient ce qui était nécessaire, un point c'est tout.

— Parfait. Benson va vous montrer votre chambre. Avez-vous besoin de quelque chose ? De récupérer vos affaires, peut-être ?

— Mes affaires m'attendent actuellement dans un attelage, je les ai laissées sous la surveillance du cocher qui m'a amené ici, répondit sobrement lord Hargrave.

— Les domestiques vont s'en charger. Nous nous verrons au déjeuner, Hargrave…

Le jeune lord s'inclina aussitôt, puis disparut en quelques secondes.

— Parfait, au moins il est discret. Qui sait ? Le plan de Liverpool avait peut-être une chance de fonctionner ? soupira Langford dès qu'il eut refermé la porte avant de faire appeler son secrétaire particulier.

Puis il commença à consulter les livres de comptes et plusieurs documents envoyés par les régisseurs qui s'occupaient de ses différents domaines, comme si de rien n'était.

Rosalie n'avait presque pas dormi après que lady Carrington lui eut annoncé lors du dîner que le duc de Langford se trouvait actuellement à Londres. Elle avait beau se résonner et se dire qu'elle ne pourrait pas passer le restant de sa vie à l'éviter, qu'ils fréquentaient les mêmes cercles et qu'ils finiraient à un moment ou à un autre par se rencontrer, elle était à deux doigts de craquer et de rentrer sur-le-champ à Charbrey.

— Rosalie ?

— Oui, ma tante ?

— Vous êtes bien distraite ce matin. Quelque chose vous préoccupe ?

— Non, ma tante.

— Oh, oh…

Rosalie haussa un sourcil.

— Oui, ma tante ?

— Vous mentez bien mieux que cela d'habitude.

Rosalie réprima un sourire. Lady Carrington n'avait pas tort. Elle mentait sur tout et tout le temps. À la fois pour protéger ses secrets mais aussi pour ressembler à l'image que tous avaient d'elle. Cette image de jeune fille lisse et parfaite qui plaisait à tout le monde.

— J'en prends note, rétorqua-t-elle, amusée.

— Vous faites bien. Je serais fort déçue de vous voir perdre vos talents de comédienne, ma nièce. Vous vous comportez toujours si impeccablement.

Elle sourit.

— Je triche, ma tante.

— Comme nous tous.

Rosalie secoua la tête.

— Pas Morgana. Elle, elle n'a pas à...

Lady Carrington l'interrompit d'un geste vague de la main.

— ... Morgana est un cas à part, je vous l'ai déjà dit. Elle est incapable de se plier aux usages et aux subtilités de la vie mondaine. Pire que ça, elle les ignore. Tout comme elle ignore d'ailleurs le reste du monde. Vous, ma chère, êtes fort différente. Vous êtes sociable et vous brillez en société. Je ne vous vois pas passer toute votre existence seule, à éviter vos pairs et à les fuir comme s'ils avaient la peste.

Rosalie n'objecta pas car tout ce que disait sa tante était pure vérité. En dépit de son titre, Morgana vivait comme un ermite. Elle ne sortait pas, ne recevait pas et ne se rendait à Londres que lorsque Malcolm le lui imposait.

Rosalie, elle, n'avait aucune envie de vivre de cette façon ni d'être ostracisée. Du reste, son futur mari, le vicomte d'Edgfield, ne l'aurait probablement pas toléré.

— Non, et je n'y tiens pas. Toutefois, il se pourrait que je n'aie pas le choix. Le jour où les gens découvriront qui se cache sous le nom d'Edmund Charberey, c'en sera fini de ma réputation.

— À votre place, je n'en serais pas si certaine. Les gens admirent l'écrivain et respectent le succès. Oh, bien sûr, il y aura toujours une ou deux mauvaises langues qui vous dénigreront mais, en tant que belle-sœur du comte Greenwald et vicomtesse d'Edgfield, aucune hôtesse ne pourra refuser de vous recevoir.

Rosalie lui jeta un regard dubitatif.

— Je crains de ne pas partager votre optimisme, ma tante.

— Eh bien, vous le devriez. À propos, avez-vous terminé votre nouveau roman ? J'avoue avoir fort hâte de le lire.

Une lueur de joie s'alluma tout à coup dans le regard de Rosalie.

— Oui. J'ai d'ailleurs emporté mon manuscrit avec moi.

Lady Carrington parut aussitôt intéressée.

— Vraiment ? Et serait-il possible de… ?

— … le lire ? Non, ma tante. Je me dois de le rendre très vite à mon éditeur. J'ai déjà dépassé les dates prévues par le contrat, et il meurt probablement d'impatience de le lire.

Lady Carrington poussa un soupir déçu.

— Fort bien. J'attendrai. Est-il toujours question des péripéties de cette aventurière ? Cette miss Caroline Epton ?

— Oui, ma tante.

— Va-t-elle épouser cet Espagnol insupportable ou ce bel officier anglais qui la courtise ?

Rosalie ne put s'empêcher de sourire. Son roman comportait bon nombre d'aventures, de références historiques mais la seule chose qui semblait véritablement passionner les lecteurs était la vie sentimentale tumultueuse de son héroïne, une jeune infirmière vivant aux colonies.

— Ça, ma chère tante, ce sera à vous de le découvrir, répondit Rosalie d'un ton espiègle.

Lady Carrington sourit en secouant la tête. Mieux valait que Rosalie se moquât d'elle plutôt que de la voir replonger dans l'étrange état dans lequel elle se trouvait en début de matinée. Elle n'avait jamais vu sa nièce si tracassée et si inquiète. Et elle ne pouvait s'empêcher de se demander ce qui avait bien pu la troubler à ce point pour qu'elle baisse ainsi sa garde.

Se pouvait-il que le jeune William… ? Non, non, absurde. Rosalie n'était pas amoureuse de ce garçon. À moins, bien sûr, qu'elle ne soit souffrante, et dans ce cas… non, non, il n'y avait qu'à la regarder pour voir qu'elle rayonnait littéralement de santé. Oh, bien entendu, elle avait prétendu souffrir d'un mal de tête, la veille, au cours du dîner mais…

— Pourquoi me dévisagez-vous comme ça, ma tante ? Vous savez, si vous tenez vraiment à savoir la fin de l'histoire, je peux…

— … Taisez-vous donc, petite péronnelle ! Tenez-vous donc à me gâcher mon plaisir ?

Rosalie eut un petit rire et fronça malicieusement le nez.

— Oh, je ne suis pas assez folle pour risquer de vous déplaire, ma tante.

Lady Carrington esquissa un sourire.

— Vous cherchez à me flatter ?

— Absolument.

— Voilà qui est fort judicieux, fit-elle en se levant et en enfilant ses gants.

Allez ! Allons faire une promenade, j'ai rendez-vous avec ces dames de l'Almack. Il serait inopportun de faire attendre ces vieilles biques.

Chapitre 8

— Il va y avoir un monde fou ce soir chez lady Fairsax, tous ceux qui comptent seront là, déclara lady Carrington avec un sourire satisfait, en grimpant dans la voiture.

Rosalie sourit. Sa chère tante adorait sortir et n'aimait rien tant que participer à toutes les réceptions. Elle s'y amusait comme une enfant et courait à droite et à gauche pour y récolter les plus intéressants ragots.

— William, je veux dire, le vicomte d'Edgfield, m'a envoyé un message pour m'avertir de la présence de ses parents ainsi que de sa grand-mère, la douairière Catherine, répondit Rosalie.

Lady Carrington arqua un sourcil.

— Comment ? Cette vieille carne est toujours vivante ?

— En effet, ma tante.

Lady Carrington haussa les épaules.

— Étrange... J'aurais juré avoir assisté à son enterrement.

Rosalie pinça les lèvres pour ne pas rire.

— Alors c'est que vous devez confondre.

— Possible. Elle a toujours été d'une nature particulièrement contrariante, plaisanta lady Carrington tandis qu'elles arrivaient dans les dernières devant le luxueux hôtel particulier de lady Fairsax.

On pouvait entendre du perron la demeure résonner d'un brouhaha où se mêlaient musique d'orchestre et conversations.

— Oh, ma chère Agatha, lady Rosalie, quel plaisir de vous revoir ! s'écria leur hôtesse quand elles vinrent la saluer.

Sympathique, souriante et ronde telle une montgolfière, lady Fairsax semblait selon son habitude de charmante humeur.

— Ah, ma chère Celia, je suis ravie moi aussi ! rétorqua gaiement lady Carrington. Cette salle de bal est divine, vous avez fait des merveilles comme toujours !

Elles papotèrent ainsi pendant plusieurs minutes jusqu'à ce que Rosalie, à bout de patience, ne parvienne à leur fausser compagnie pour partir à la recherche de William. Ils n'avaient pas eu l'occasion de se revoir depuis l'annonce de leurs fiançailles et elle désirait s'entretenir avec le vicomte de divers sujets tels que l'endroit où aurait lieu leur voyage de noces, la garde-robe qu'il lui faudrait commander ou l'aménagement de la maison de Mayfair que le comte Greenwald comptait prochainement leur acheter.

— Lady Rosalie ? fit soudain une voix familière tandis qu'elle longeait la piste de danse pour pouvoir rejoindre le fond de la salle.

Elle se figea immédiatement, le cœur prêt à éclater.

Surtout, garde la tête froide, s'exhorta-t-elle en tournant le regard vers l'homme qui venait si cavalièrement de l'interpeller.

Langford. Oui, pas de doute, c'était bien lui. Cet immonde gredin avec son élégante tenue de soirée bordeaux, son sourire espiègle, ses traits ciselés et ses cheveux couleur de soleil paraissait encore plus séduisant que dans ses souvenirs et elle resta un instant captivée par ses traits harmonieux, son nez fin et droit et son regard luisant d'intelligence.

— Votre Grâce ? demanda-t-elle en se forçant à sourire.

— Je suis ravie de vous revoir, ma chère. Cela fait bien longtemps depuis mon départ, poursuivit-il en la dévisageant avec attention.

Elle était on ne peut plus ravissante dans sa robe de bal bleue au profond décolleté et sa chevelure était somptueusement mise en valeur par les perles glissées dans ses jolies boucles. Langford avait eu beau chercher, il ne lui trouvait aucun défaut susceptible d'atténuer le désir qui s'emparait de lui lorsqu'elle se trouvait dans les parages. Bien au contraire. Ses lèvres, sa peau veloutée, ses yeux bordés de cils épais, la structure de son visage, tout en elle était d'une perfection absolue.

— En effet, Votre Grâce, répondit-elle froidement.

— Je tenais aussi à vous féliciter pour votre prochain mariage, fit-il en la détaillant des pieds à la tête.

— Je vous en sais gré, Votre Grâce, fit-elle en détournant le regard.

Rosalie avait l'habitude d'être le point de mire de l'admiration masculine lorsqu'elle paraissait dans les salons, les dîners ou dans les lieux de promenade de la capitale, mais la façon dont Langford regardait ses hanches, sa poitrine et ses formes en général lui donnait l'impression désagréable d'être complètement nue.

— Comment se portent vos sœurs ? Cela fait bien longtemps que je ne les ai vues.

— Elles se portent fort bien, Votre Grâce.

John fronça les sourcils. « En effet, Votre Grâce », « je vous en sais gré, Votre Grâce », « elles se portent fort bien, Votre Grâce »... mon Dieu, mais que lui arrivait-il donc ? Où était passée la jeune fille naïve, tendre et chaleureuse qu'il avait serrée dans ses bras et qui avait enflammé ses sens ? Oh, bien entendu, il savait qu'il avait commis une terrible erreur et qu'il l'avait sans doute profondément blessée en la quittant si brusquement, mais il s'était toujours montré honnête envers elle. Elle n'avait aucune raison d'être fâchée contre lui ni de se montrer aussi irritante.

— Me ferez-vous le plaisir de m'accorder cette danse ? demanda-t-il en souriant.

Rosalie écarquilla les yeux devant les couples qui s'enlaçaient. Une valse ? Ah non, pas question ! Elle n'avait aucune envie de se donner en spectacle et certainement pas avec un homme ayant sa réputation. Les commères en feraient des gorges chaudes.

— Je suis navrée, mais je dois refuser.

— Pour quelle raison ?

Rosalie se retint de lui hurler : « parce que je te déteste et que tu m'as brisé le cœur », et se contenta de répondre d'une voix impassible :

— Ma tante qui me sert de chaperon est occupée. Elle s'entretient avec lady Fairsax, Votre Grâce.

Il baissa légèrement la tête et chuchota à son oreille d'un ton autoritaire :

— Voilà ce qu'il va se passer, ou tu acceptes de danser avec moi ici et maintenant ou je t'embrasse devant tous ces gens…

Rosalie blêmit aussitôt.

— Tu n'oserais pas.

Il esquissa un sourire satisfait à l'entendre le tutoyer.

— Tu veux parier ?

Le diable l'emporte ! Ce scélérat en était bien capable ! songea Rosalie en lui tendant le bras tandis que Langford se demandait soudain quelle folie s'était emparée de lui. Rosalie était fiancée et le simple fait d'accepter de danser avec un débauché notoire sans la présence d'un chaperon était de nature sinon à ruiner, du moins à sérieusement entacher sa réputation. Il le savait, mais il s'en fichait. Il voulait la toucher et chasser cette froideur sur son visage, cette froideur qui blessait son orgueil.

— Puis-je savoir à quoi rime ce caprice, milord ? murmura Rosalie en tentant de ne pas tressaillir tandis qu'il posait sa main sur sa taille.

Cette proximité, la façon dont il la serrait contre lui, éveillait en elle des sensations qu'elle croyait oubliées. Mon Dieu, elle l'avait tellement aimé... encore aujourd'hui, elle n'était pas certaine que... non, non, pas question. Elle avait eu bien trop de mal à se remettre de leur rupture. Elle refusait de risquer de souffrir encore et c'était justement ce qu'il risquait d'arriver si elle ne gardait pas ses distances.

Un sourire apparut sur les lèvres de Langford.

— Ne me dis pas que tu n'aimes pas la valse...

Rosalie lui lança un regard agacé.

— Et si tu me disais plutôt ce que tu attends de moi au lieu de te comporter comme un idiot ?

Langford faillit éclater de rire.

— Ton fiancé sait-il à quel point tu peux être insolente dans l'intimité ?

— Non, mais moi je sais à quel point tu peux être mufle devant tout le monde, rétorqua-t-elle avec un sourire glacial.

Une lueur amusée s'alluma dans les yeux de Langford.

— Touché. Écoute, Rosalie, je sais que tu as des raisons de m'en vouloir, mais...

— Tu te trompes, je ne t'en veux pas, le coupa-t-elle précipitamment.

Elle avait été suffisamment humiliée par son rejet, ne pouvait-il avoir au moins la courtoisie de ne plus jamais évoquer le sujet ? Que cherchait-il ? L'absolution ? Son pardon ? Parce que si c'était le cas, elle était incapable de le lui accorder.

— Alors pourquoi ne m'as-tu pas écrit pour m'informer de ton prochain mariage au lieu de m'envoyer ce stupide carton d'invitation ?

Elle lui jeta un regard surpris.

— Je ne t'ai rien envoyé du tout.

Il planta son regard dans le sien.

— Tu n'as pas répondu à ma question.

— Et où aurais-je dû t'écrire ? Je ne savais même pas où te trouver. Et pour être honnête, j'ignorais que cela représentait un quelconque intérêt pour toi…

Il fronça les sourcils, contrarié.

— Eh bien, tu te trompes.

Elle esquissa un sourire crispé.

— J'avoue avoir un peu de mal à te croire…

— C'est pourtant la vérité, mon cœur…

« Mon cœur… » comme si ce mot avait le moindre sens à ses yeux…, pensa-t-elle en son for intérieur.

— Eh bien, dans ce cas, je suppose que je devrais me sentir flattée…

— Tu n'es pas obligée de te montrer si sarcastique…

— … ni toi de te montrer aussi cynique, rétorqua-t-elle du tac au tac.

Langford fronça les sourcils, irrité. Il n'avait jamais été dans son intention de se disputer avec Rosalie. Bien au contraire. Il voulait la serrer dans ses bras, s'enivrer de son parfum, de sa chaleur…

Son image l'avait hanté jour et nuit depuis deux ans et aucun corps de femme, aucune caresse, aucune nuit de luxure n'avait été en mesure de combler le vide qu'elle avait laissé.

— Très bien, tu as raison, je te dois des excuses.

Elle lui jeta un regard étonné.

— Tu es sérieux ?

— J'ai commis une erreur. J'aurais dû t'avertir de mon départ. À ma décharge, je ne pensais pas m'absenter aussi longtemps…

Rosalie eut un sourire cynique. Au fond, cet aveu était réconfortant. Il prouvait que Langford n'était pas l'homme dénué de scrupules qu'elle s'imaginait, mais qu'il était capable d'exprimer des remords sinon de l'avoir quittée, du moins d'avoir sérieusement dérogé aux bonnes manières.

— Tu aurais dû, oui, mais ton départ précipité a eu au moins le précieux avantage de contribuer à préserver ma réputation. Alors pourquoi aborder le sujet ? Le temps a passé, John, et cette histoire est terminée, répliqua-t-elle d'un ton faussement léger.

Il posa sur elle un regard tellement intense qu'elle eut l'impression qu'il transperçait son âme.

— Parce qu'elle l'est ?

— Pardon ?

— Terminée ?

Rosalie écarquilla les yeux. Que voulait-il dire ? Était-ce encore un de ses jeux cruels ? Si n'importe quel autre homme s'était amusé à laisser entendre une chose aussi inconvenante, elle n'aurait pas hésité à le gifler, mais Langford possédait malheureusement de légitimes raisons de remettre sa vertu en cause.

— Mais bien entendu puisque je vais me marier.

Pour une raison étrange, il n'aima ni la froide certitude contenue dans sa réponse ni sa façon de lui rappeler qu'elle n'était plus à lui.

Il esquissa un rictus.

— Je ne l'ai pas oublié. J'ai d'ailleurs prévu une tenue des plus élégantes pour l'occasion.

Elle le fixa d'un air incrédule.

— Tu… tu ne comptes pas sérieusement assister à mes noces, n'est-ce pas ?

Le bon sens aurait été de répondre par la négative, de partir le plus loin et le plus vite possible et de se trouver une beauté complaisante, capable de le distraire suffisamment longtemps pour éteindre ce sentiment de jalousie qui consumait son cœur depuis qu'il avait appris les fiançailles de Rosalie. Mais il se fichait du bon sens.

— Si, bien sûr que si.

Elle sentit soudain la colère l'envahir. Était-il donc à ce point dépourvu de décence ?

— Mais enfin pourquoi ?

— Parce que tel est mon bon plaisir.

Elle éclata d'un rire amer.

— J'ignorais avant de te connaître que l'égoïsme pouvait être un moyen d'expression.

Il se pencha, son souffle chaud sur son oreille la faisant frissonner.

— Alors c'est que tu es terriblement naïve, mon cœur.

Elle poussa un soupir. Il n'était pas difficile de deviner que rien de ce qu'elle dirait ne suffirait à le décourager et qu'elle pouvait bien s'épargner cet effort inutile.

— Pourquoi faut-il que tu sois toujours aussi pénible ! ?

Langford ignora sa réflexion et sourit.

— Tu es amoureuse de lui ?

— De qui ?

— De ton fiancé.

— Pourquoi cette question ? Si je te réponds oui, tu le provoqueras en duel et tu le tueras d'un coup de fusil ? demanda-t-elle avec ironie.

— D'un coup d'épée.

Elle haussa les sourcils.

— Comment ?

— Je lui transpercerai le cœur d'un coup d'épée. Les fusils m'ennuient, répondit-il d'un air désinvolte.

Il plaisantait. Évidemment qu'il plaisantait. Elle ne pouvait pas imaginer le contraire, mais…

— Tu te crois drôle ?

Il arqua un sourcil.

— Pourquoi ? Tu crois que je plaisante ?

D'ordinaire, Rosalie maîtrisait parfaitement ses nerfs, surtout en société, mais l'attitude provocante de Langford la rendait furieuse. Passe encore qu'il soit un immonde fêtard et un séducteur invétéré tout juste bon à semer les cœurs brisés sur sa route, c'était dans sa nature, mais il ne pouvait pas continuer à ne rien prendre au sérieux. En tout cas pas dans un tel domaine, il en allait de son avenir.

— Très bien. Vous voulez vraiment jouer à ce petit jeu, Votre Grâce ? Parfait. Mais je vous avertis que si vous avez dans l'idée de gâcher mes chances et de ruiner mon avenir avec l'une de vos stupides et provocantes plaisanteries, je vous jure que je vous tue ! lança-t-elle, les yeux flamboyant de colère avant de quitter d'un pas furieux la piste de danse sous les regards interloqués des invités.

Ils la suivirent des yeux jusqu'à ce qu'elle disparaisse dans la foule, puis ils se mirent à se tourner les uns vers les autres et à former d'étranges conciliabules.

— Mon cher duc, je crois que lady Rosalie Charbrey ne vous apprécie guère, ricana lady Bromsfeld en cachant son sourire narquois derrière son éventail. Que lui avez-vous donc fait pour la mettre dans cet état ?

Langford lui jeta un regard dédaigneux, puis il songea malgré lui à ce que venait de faire Rosalie et à la manière dont ces commères risquaient d'interpréter leur querelle, et se mit à sourire.

— Aucune idée, plaisanta-t-il. J'imagine qu'elle m'en veut de lui avoir écrasé les pieds ou alors elle n'aime pas le bleu de ma veste. Qu'est-ce que j'en sais ? Les petites filles sont si fantasques...

Lady Bromsfeld eut un rire haut perché.

— Une petite fille ? Lady Rosalie n'a plus rien d'une petite fille, mon cher duc, je m'étonne que vous ne l'ayez pas remarqué, dit-elle d'une voix pleine de fiel.

Langford plissa les yeux. Cette commère était comme ces prédateurs qui peuvent sentir de loin un animal blessé... et la pâleur subite de Rosalie et sa fureur ne lui avaient certainement pas échappé.

— Ma chère, je ne remarque jamais les jeunes filles de crainte d'avoir à me marier. C'est un principe auquel je ne déroge jamais, répondit-il d'un air blasé.

— Comme c'est rafraîchissant !

John, qui savait comment ce genre de femme fonctionnait, décida de détourner son attention en lançant un regard ostensiblement admiratif à une belle femme qui se trouvait juste derrière elle.

— N'est-ce pas ? D'ailleurs à ce propos, connaissez-vous la créature céleste derrière vous ? Non, non, pas celle de gauche, mais celle qui est pendue au bras de lord Carrow, demanda-t-il soudain tandis que lady Bromsfeld tournait la tête.

Elle se mit à glousser.

— Il s'agit de sa jeune épouse, Élisabeth... désirez-vous que je vous présente ?

— Ma chère lady Bromsfeld, je n'osais vous le demander, fit-il avec un sourire à faire fondre un iceberg.

Chapitre 9

Rosalie, encore sous le choc de sa confrontation avec Langford, écoutait la conversation du comte et de la comtesse d'Edgfield, de la douairière Catherine et de son fiancé d'une oreille distraite, et cherchait fébrilement à retrouver ses esprits. Par chance, la famille de son fiancé, qui se trouvait au fond de la salle, n'avait pas assisté à son petit esclandre, mais Rosalie ne se faisait aucune illusion, elle savait que de nombreux ragots commençaient à circuler parmi les invités et qu'ils finiraient à un moment ou à un autre de la soirée par parvenir aux oreilles de William et de ses parents.

— Rosalie ? Tout va bien, ma chère ? demanda soudain le vicomte d'Edgfield en la scrutant d'un air inquiet.

Rosalie déglutit. Chaque fois qu'elle avait imaginé sa rencontre avec Langford, elle s'était vue totalement maîtresse de ses nerfs et de ses réactions, elle s'était vue libérée de lui et de ses exigences, elle s'était vue indifférente et fière. Elle comprenait à présent combien elle s'était leurrée et regrettait à présent amèrement, en voyant les gens qui regardaient discrètement dans sa direction, de ne pas avoir su mieux se contrôler.

— William a raison, vous êtes très pâle. Seriez-vous malade ? demanda sèchement la comtesse d'Edgfield en fronçant les sourcils.

La mère de William était une femme brune et plutôt laide qui passait son temps à prier et à juger les gens un peu trop hâtivement. Véritable dévote, elle se consacrait à de nombreuses institutions charitables et ne riait jamais.

Rosalie se força à sourire.

— Non, juste un peu lasse, répondit-elle.

— Désirez-vous prendre l'air ? demanda William.

Le sourire de Rosalie s'élargit. William n'était pas particulièrement grand ni beau, mais c'était un honnête et gentil garçon, et Rosalie adorait son rire franc et joyeux, sa galanterie et son sens de la mesure.

— Sortir tous les deux sur une terrasse sans chaperon ? Mais vous n'y pensez pas ! lança la comtesse d'un air contrarié.

— Mère, dois-je vous rappeler que nous sommes fiancés ? demanda William, amusé.

— Votre mère a raison, William. Ce n'est pas convenable, grommela sa grand-mère.

La vieille femme s'appuyait sur sa canne depuis près d'une heure et elle paraissait si âgée et si fragile que Rosalie se demandait comment il se faisait qu'elle ne se soit pas encore effondrée.

— En effet. Mais rien ne m'empêche de m'asseoir sur une chaise à la vue de tous et de vous faire la conversation, suggéra sagement Rosalie avant de remarquer le petit attroupement qui s'était fait autour de lady Carrington quelques mètres plus loin.

Qu'est-ce que... ? Oh non, songea-t-elle en apercevant une silhouette qu'elle ne connaissait que trop bien. Que diable Langford faisait-il encore là ? Et en compagnie de sa tante par-dessus le marché ! Bon sang, mais qu'avait-il donc dans la tête ? Pourquoi ne se contentait-il pas de se tenir loin d'elle et de l'ignorer ? Il n'y avait rien là de bien compliqué. D'autant que ce n'étaient pas les admiratrices qui lui manquaient. Toutes les femmes l'encerclaient et se pressaient autour de lui dans l'espoir d'attirer son attention.

— Lady Carrington semble très entourée ce soir, fit William tandis que Rosalie se dirigeait vers l'une des chaises posées près du buffet.

Rosalie inspira profondément. Elle n'était plus une enfant, elle ne pouvait s'offrir le luxe de se laisser dominer par ses émotions. Encore moins en présence de William. Si ce dernier découvrait la vérité, elle perdrait toute chance de fonder une famille et de connaître le bonheur. Pis encore, elle briserait le cœur d'un homme admirable, un homme qui était la générosité même, et ça, elle ne pouvait le supporter.

— Il semblerait, répondit-elle en affichant un air détaché.

— Mais attendez... il me semble que... mais oui, c'est bien le duc de Langford !

— En effet.

— C'est un ami de votre famille, je crois ?

Un ami… en quelque sorte. Rosalie n'était pas certaine de la réaction de Malcolm s'il apprenait que John avait trahi sa confiance en séduisant l'une de ses pupilles.

— Exact, milord, vous êtes bien renseigné.

— Mon père et le duc font partie du même club, mais je n'ai pas encore eu le loisir de le rencontrer. Accepteriez-vous de me le présenter ?

— Pas si je peux l'éviter.

William lui jeta un regard si surpris qu'elle se crut obligée d'ajouter :

— Je ne tiens pas à me faire piétiner par les furies qui l'entourent.

Les yeux de William pétillèrent d'amusement.

— C'est drôle, il fut un temps, je lui aurais probablement envié son succès…

— Mais plus maintenant ?

— Non, à présent, je suis l'homme le plus heureux du monde, répondit-il en lui lançant un regard tendre.

— … Ah, Rosalie, vous êtes là, je vous cherchais ! les interrompit soudain lady Carrington en arrivant à leur hauteur.

Langford, qui était parvenu à échapper à ses admiratrices, lui avait emboîté le pas et Rosalie ne savait pas ce qui était pire : qu'elle se soit abaissée à se disputer avec le duc et qu'elle l'ait abandonné en plein milieu de la piste devant toutes les commères de Londres ou la dangereuse lueur qui s'était allumée dans le regard de John au moment même où ses yeux s'étaient posés sur William.

— Regardez qui est enfin rentré de voyage ? Ce cher duc de Langford ! lança lady Carrington avec un sourire.

— Je suis ravi de vous présenter à nouveau mes hommages, lady Rosalie, et d'ajouter que je vous trouve plus belle et plus rayonnante que jamais, fit Langford en s'inclinant.

Rosalie tourna légèrement la tête et réalisa avec angoisse que lady Bromsfeld et plusieurs de ses amies tentaient d'épier leur conversation.

— C'est que mon futur mariage emplit mon cœur de joie, milord, répondit-elle avec un sourire forcé avant de se tourner vers William. Je vous présente lord Eaton, vicomte d'Edgfield.

Langford s'attendait à se retrouver face à un jeune homme sympathique et au physique agréable. C'était le cas. Mais il paraissait aussi très ordinaire et un peu fade, et son allure globale n'était pas assez raffinée à son goût.

— Vicomte, je vous félicite de ce choix judicieux. Lady Rosalie est exactement le genre de jeune fille que j'aurais moi-même pris plaisir à courtiser si je n'avais souffert de cette terrible allergie…

William haussa les sourcils.

— Une allergie, milord ?

Un petit rire nerveux s'échappa des lèvres de Rosalie.

— Au mariage, lord Eaton. Sa Grâce est allergique au mariage, expliqua-t-elle.

— Eh bien, pour être franc, mon cher duc, je me félicite de ne pas souffrir de la même affliction, rétorqua William en riant.

— Ce genre de maladie n'est pas incurable. Je le sais d'expérience. Feu mon mari, ce cher Édouard, était lui aussi un célibataire endurci et un fieffé gredin lorsque je l'ai connu, déclara lady Carrington.

— Oncle Édouard vous adorait, ma tante, j'ai du mal à croire qu'il était ce que vous dites, objecta Rosalie, surprise.

— Et pourtant c'est la vérité... oh, il a mis du temps à se décider, mais en me voyant prête à m'engager avec un autre, il s'est finalement résolu à demander ma main... n'est-ce pas romantique ?

— Je ne... oui, oui, sans doute, admit Rosalie en évitant soigneusement de lever les yeux vers Langford.

Le duc avait beau avoir des points communs avec l'oncle Édouard, elle ne se faisait pas d'illusion : John se fichait complètement de ce qu'elle faisait ou non. De plus, depuis qu'il les avait rejoints, il passait son temps à jeter des regards admiratifs en direction d'une jeune femme blonde qui faisait mine d'ignorer qu'elle avait suscité son intérêt.

— Je crois que mère me fait signe, fit soudain William en fronçant les sourcils tandis que la comtesse d'Edgfield semblait de plus en plus agitée. Je suppose que ma grand-mère désire se retirer. Veuillez me pardonner, lady Rosalie, je crains de devoir vous abandonner. Puis-je vous rendre visite demain chez lady Carrington ?

— Bien entendu. Je vous souhaite une agréable fin de soirée, lord Eaton, répondit Rosalie en souriant.

L'instant d'après, William saluait poliment Langford ainsi que lady Carrington et partait rejoindre ses parents.

— C'est un garçon charmant, déclara John en le suivant des yeux.

Rosalie haussa les sourcils, méfiante.

— Il est franc, droit, sans malice... Et j'ai rarement vu fils plus attentionné, poursuivit-il, railleur.

— Je ne vois pas ce qu'il y a de mal à ça, répondit Rosalie, sur la défensive.

— Oh, il n'y en a aucun. J'ai été moi-même un très gentil petit garçon autrefois...

Un très gentil petit garçon ? Non, mais comment osait-il ? William n'avait rien d'un petit garçon ! Évidemment il n'était ni aussi mûr ni aussi expérimenté que l'élégant et charismatique duc de Langford, mais il était tendre, délicat, prévenant et il possédait toutes les qualités nécessaires pour faire un excellent mari ! songea rageusement Rosalie.

— Alors je ne peux que regretter que vous ne le soyez pas resté, rétorqua-t-elle d'une voix acerbe.

— Oh non ! grommela soudain lady Carrington.

— Qu'y a-t-il, ma tante ?

— Je crois que lord Harp vient vers nous, répondit celle-ci en agitant nerveusement son éventail.

Lord Harp ? Oh, bonté divine, avec tout ça, elle avait failli oublier...

— Mon Dieu, c'est vrai... je lui avais promis de lui accorder un quadrille, ma tante, répondit-elle en voyant un homme bedonnant se frayer un chemin à travers la foule.

— Voilà qui est très généreux de votre part, répondit lady Carrington.

Puis elle reporta son attention sur Langford et expliqua dans un soupir :

— Ma nièce a refusé d'accorder sa main à ce pauvre lord Harp à trois reprises, mais le malheureux s'obstine à lui faire la cour...

— À trois reprises ? Voilà un homme qui n'a pas peur de ravaler sa fierté, remarqua Langford dédaigneusement sans quitter la blonde des yeux.

— Il n'est pas le seul, vous savez ? Rosalie a repoussé pas moins de vingt demandes en mariage ces deux dernières années, déclara lady Carrington.

John ne put s'empêcher de froncer les sourcils. Vingt demandes ? Et elle avait choisi Edgfield ! ?

— Ne prenez donc pas cet air étonné, Votre Grâce, tous les goûts sont dans la nature, lança Rosalie en collant un sourire artificiel sur ses lèvres avant d'aller rejoindre son cavalier.

Lady Carrington attendit qu'elle se soit suffisamment éloignée, puis elle se tourna vers John et lança tout à coup avec un sourire en coin :

— Dites-moi, Langford, qu'est-ce qui ne va pas chez vous ?

Langford lui jeta un regard surpris.

— Comment ?

Elle haussa les épaules.

— Il y a forcément quelque chose qui ne fonctionne pas chez un homme qui s'apprête à laisser un jeune freluquet lui ravir la femme dont il est épris, non ?

Langford la dévisagea d'un air stupéfait, puis arbora une expression d'une innocence confondante.

— J'avoue ne pas comprendre...

— Mais si, mais si, vous comprenez fort bien, répondit-elle avant de s'éloigner avec majesté vers la piste de danse.

Chapitre 10

Lady Carrington, qui était restée étonnamment muette une bonne partie du trajet de retour, observait sa nièce d'un air perplexe.

— Je suppose que cela ne vous surprendra pas si je vous demande une explication, Rosalie.

Rosalie lui jeta un regard étonné.

— À quel propos, ma tante ?

— À propos du duc de Langford. Croyez-vous que je n'aie pas observé votre manège ou la manière dont vous vous regardiez tous les deux ?

— Je… je ne comprends pas, ma tante.

— Oh, je vous en prie, ne faites pas votre mijaurée avec moi, je sais parfaitement à quoi m'en tenir sur votre compte et qui vous a élevée. Alors ? Que se passe-t-il exactement entre vous ?

— Je ne vois pas ce qui vous fait penser qu'il se passe quelque chose, ma tante, répondit-elle, la voix tremblante.

— Ce qui me fait penser une chose pareille ? Mais, ma pauvre enfant, il suffisait de vous observer en train de danser et de vous chamailler ! On aurait dit que vous étiez seuls au monde !

Rosalie blêmit. Ainsi rien de ce qui s'était passé ce soir n'avait échappé au regard d'aigle de lady Carrington...

— Ah, vous étiez là ? Je veux dire, vous avez vu... oh, je suis navrée... je ne pensais pas que...

— Non, vous ne pensiez pas ! C'est bien le problème. Cette horrible lady Bromsfeld en faisait littéralement des gorges chaudes. Que vous a-t-il donc pris de vous montrer aussi imprudente ?

— Je n'en sais rien... je n'avais pas croisé Langford depuis près de deux ans et... il ne m'a pas laissé le choix, ma tante, il m'a menacée de causer un scandale si je refusais de danser avec lui et j'ai eu la faiblesse de céder...

— Je vois... Enfin, par chance, Sa Grâce est un homme avisé... Il a habilement tenté de faire taire les ragots en attirant l'attention des invités sur cette malheureuse lady Élisabeth Carrow. Si son plan fonctionne, on ne parlera demain que de la manière scandaleuse dont il a fait la cour à une femme mariée et non de votre petit esclandre...

Rosalie tressaillit. Se pouvait-il que sa tante ait raison et que Langford ait montré de l'intérêt à cette ravissante femme blonde pour la sauver de ces horribles ragots ?

— Vous pensez que John... que le duc l'a fait exprès ?

— Bien entendu. Qu'est-ce que vous vous imaginez ? Langford est tout sauf stupide. Il se serait montré bien plus discret s'il avait vraiment été intéressé par cette pauvre Élisabeth !

Le regard de lady Carrington s'adoucit.

— Vous l'aimez ?

— Non, je le déteste.

Lady Carrington ne put réprimer un sourire.

— Rosalie, le duc est un débauché soit, mais c'est aussi un homme d'honneur, alors je vous le demande : vous a-t-il séduite ?

Elle déglutit péniblement. À sa façon, lady Carrington était aussi peu conventionnelle que Morgana et elles possédaient toutes deux la même ouverture d'esprit, mais...

— Oui, avoua-t-elle en rougissant.

— Si je comprends bien, vous n'êtes plus vierge ?

— Non.

Lady Carrington se mit à rire.

— Eh bien, mon enfant, je dois vous avouer que je suis agréablement surprise...

Rosalie la regarda comme si elle avait perdu la tête.

— Pardon, ma tante ?

— Alpaguer un homme aussi puissant et séduisant que Sa Grâce est un véritable exploit, Rosalie, lui fit-elle remarquer d'un air admiratif.

— Je n'ai rien alpagué du tout. Il m'a quittée il y a deux ans sans me laisser le moindre mot... Il... il ne ressent rien pour moi !

Lady Carrington s'esclaffa de plus belle.

— Ah non ? Il ne ressent rien pour vous ? C'est ce que vous croyez ?

— Je ne le crois pas, je le sais.

Lady Carrington la regarda comme si elle n'avait jamais rien entendu d'aussi stupide.

— Alors, c'est que vous ne connaissez rien aux hommes, mon enfant.

Après avoir regagné sa chambre, Rosalie, gagnée par l'agitation de la soirée et la discussion pour le moins étrange qu'elle avait eue avec sa tante, eut toutes les peines du monde à s'endormir. Comment avait-elle pu agir de la sorte et oublier que John et elle n'étaient pas seuls ? C'était la première fois qu'une telle chose lui arrivait. D'ordinaire, elle savait toujours parfaitement se contrôler. Oh, certes, elle avait des excuses, après tout, Langford avait tout fait pour la pousser à bout. Mais pour une femme qui se pensait maligne et clairvoyante, on ne pouvait pas dire qu'elle se soit montrée particulièrement intelligente. Les critiques qu'elle avait essuyées de la part de sa tante étaient des plus justifiées. Il lui suffisait d'y songer pour en pleurer de honte. Et elle contenait difficilement l'angoisse qu'elle éprouvait en songeant aux commérages dont elle risquait de faire l'objet si le plan de Langford avait le malheur d'échouer. D'ailleurs, plus elle y pensait, plus elle se demandait ce qu'il lui avait pris de vouloir la sauver. Éprouvait-il enfin une once de culpabilité ? S'inquiétait-il à cause de Malcolm ? En tout cas, quelle que puisse en être la raison, ce n'était pas, comme le sous-entendait sa tante, parce qu'il tenait à elle plus qu'il ne voulait se l'avouer. Il éprouvait sans nul doute une certaine affection pour elle, certes, et il l'avait à une certaine époque ardemment désirée, mais il n'avait jamais été amoureux d'elle. Elle en était persuadée. Cette certitude était d'autant plus difficile à supporter qu'elle n'avait rien oublié de la douceur de ses lèvres, de ses caresses et du plaisir intense qu'il lui avait donné.

Allez, allez, Rosalie, il ne sert à rien d'y songer, tout ça est terminé et un nouvel avenir t'attend. Qui sait ? Lord Eaton saura peut-être te faire oublier John Murphy et ton désir pour lui, songea-t-elle sans trop y croire avant d'éteindre enfin la bougie et d'aplatir sa tête sur l'oreiller pour essayer de dormir.

Chapitre 11

Composé d'un dédale de ruelles parfois si étroites qu'aucune charrue ne pouvait s'y engager et d'échoppes et de maisons misérables, Saint-Gilles était l'un des plus sordides, des plus sales et des plus mal famés quartiers de Londres.

Caché sous une sous-pente dans une semi-obscurité, lord Hargrave, immobile et muet, surveillait les deux hommes qui semblaient se protéger du froid matinal en se collant contre la porte de la maison située un peu plus haut. L'un d'eux avait la face la plus ignoble qu'il ait vue de sa vie. Des yeux bleus cruels, des paupières cyniquement tombantes, un front atrocement bombé, des taches de vérole, des épaules larges et des mains larges comme des battoirs, bref, quiconque l'apercevait pour la première fois n'avait aucun mal à deviner qu'il avait affaire à une vermine et un coupe-jarret de la pire espèce. Le deuxième avait juste l'air d'une brute et affichait un air idiot.

— Salut, mon mignon, qu'est-ce que tu fais là tout seul ? T'as besoin de compagnie ?

Hargrave lança un regard agacé à la prostituée aux seins protubérants, au visage horriblement fardé et à la robe élimée qui venait de l'accoster.

— J'ai déjà tout ce qu'il me faut, ma jolie, répondit-il en tapotant ostensiblement la crosse du pistolet qui était accrochée à sa ceinture.

— Dommage... c'est pas si souvent qu'on a des beaux garçons par ici, répondit-elle tandis que Hargrave reportait son attention sur la fenêtre située au premier étage de la maison d'en face et la silhouette qui se déplaçait derrière les rideaux.

— T'es là pour la fille à la robe rouge, celle qui se donne des grands airs, pas vrai ? s'exclama-t-elle en suivant son regard.

Hargrave haussa les sourcils, soudain intéressé.

— Vous la connaissez ?

— La connaître, cette pimbêche ? Non, mais il m'arrive de l'apercevoir quand elle traîne dans l'coin !

— Souvent ?

— Dis, si elle t'intéresse tellement, pourquoi qu'tu vas pas la voir pour lui demander ? remarqua-t-elle avec un sourire en coin.

Hargrave esquissa un rictus et lui tendit une petite bourse qu'elle glissa dans l'échancrure de son corsage.

— Elle passe juste de temps en temps... parfois, on la voit pas pendant des semaines... répondit-elle en souriant.

— Reçoit-elle du monde ?

— Ça lui arrive...

— Des hommes ? Des femmes ?

— Des mâles, mais à votre place, je me méfierais de ces deux-là, ricana-t-elle en indiquant du menton les deux hommes qu'il surveillait du coin de l'œil une minute plus tôt. Une fille qui travaille honnêtement ne s'encombre pas de ce genre de brutes pour rien, moi je vous l'dis !

Hargrave se retint de sourire. Elle avait parfaitement raison. Sofia Berresford n'était pas une catin ordinaire. C'était une courtisane et une espionne au service des Français que les services secrets de Sa Majesté avaient repérée depuis pas mal de temps et dont ils se servaient pour faire parvenir à l'ennemi des renseignements erronés.

— Ils vivent ici ?

Elle s'esclaffa puis passa nerveusement une main sous son décolleté et soupesa l'un de ses seins comme s'il s'agissait d'un gros melon.

— Leur chambre est au second. Mais je te le redis, milord, c'est des tordus et des vicieux ces deux-là, s'ils voient que tu cherches à fourrer ton nez dans leurs affaires, je donne pas cher de ta peau !

Puis elle s'approcha de lui et ajouta doucement d'une voix indignée :

— Une fois je les ai vus tailler un type en pièces et l'autre jour, le plus gros a égorgé Buddy, le chien de la mère Lamden, parce qu'il aboyait trop... la pauvre vieille a pleuré toutes les larmes de son corps... Franchement faut-i' manquer de cœur pour s'attaquer à c'te pauv' bête, pas vrai ?

Hargrave renonça à lui faire remarquer que le meurtre d'un homme était bien plus moralement répréhensible que celui d'un vulgaire cabot et poussa un soupir frustré.

Lord Liverpool et le secrétaire d'État aux Affaires intérieures avaient ordonné qu'aucun mal ne soit fait à cette garce et à ses acolytes. En fournissant des informations tantôt erronées tantôt exactes mais trop tardivement communiquées pour être d'une quelconque utilité, Sofia Berresford participait sans le savoir au travail de sape des services de renseignements français. Ce qui lui conférait une totale impunité. Du moins jusqu'à présent. Parce que la venue en Angleterre de la belle de Troie risquait de changer considérablement la donne. Le Premier ministre avait été d'ailleurs parfaitement clair à ce sujet : il était prêt à sacrifier n'importe quelle vie, n'importe quel pion, y compris Sofia Berresford en échange de l'espionne.

— Comment vous appelez-vous ? demanda-t-il en consultant sa montre de gousset.

— Molly, je m'appelle Molly, milord, répondit-elle en lui faisant une petite révérence ridicule.

— Vous voulez gagner de l'argent, Molly ?

— Ben, c'te blague ! lança-t-elle en riant.

— Parfait, alors dans ce cas, vous allez trouver un bon petit gars du quartier, un garçon qui sait se taire et en qui vous avez confiance et puis vous surveillerez cette maison. Si quoi que ce soit se passe, un visiteur, une visiteuse ou peu importe, vous l'enverrez prévenir Mme Hillshow.

— La tenancière du pub de Harley Street, celle qui tient la maison bleue ?

— C'est cela même. Vous direz que vous avez un message pour Charlie.

— Et combien que je gagnerai ?

— Cinq livres pour vous, trois pour le garçon.

Une lueur de joie intense s'alluma dans ses yeux clairs.

— C'est correct. Et pendant combien de temps qu'on doit faire ça ?

Hargrave réfléchit. Avertir Liverpool et mettre en place une surveillance de l'endroit risquait de prendre plusieurs heures...

— Jusqu'à ce soir.

Elle sourit de toutes ses dents.

— Marché conclu, milord !

Chapitre 12

Langford fut tiré du sommeil par Benson qui, pour une obscure raison, s'agitait dans la chambre un peignoir à la main.

— Pour l'amour du ciel, Benson, fichez-moi la paix ! marmonna-t-il en ramenant l'oreiller sur sa tête.

— Mais c'est qu'il est déjà onze heures, Votre Grâce, répliqua-t-il comme s'il lui avait demandé l'heure. Le petit déjeuner est servi depuis longtemps et la cuisinière se demande toutes les cinq minutes si elle doit débarrasser ou vous faire cuire de nouveaux œufs.

Pourquoi fallait-il que Mme Arnold soit toujours si pointilleuse sur ce sujet ? se demanda John en grimaçant. Il roula sur lui-même avec un grognement de contrariété et grommela d'une voix rauque :

— Dites-lui que je les mangerai froids.

Puis il se rendormit durant près de vingt minutes jusqu'à ce que Charles, son valet, pénètre à son tour dans sa chambre en annonçant de sa grosse voix :

— Le courrier est arrivé, milord !

John tressaillit et ouvrit de nouveau les yeux. Décidément, il était dit que toute la domesticité s'était liguée contre lui pour l'empêcher de dormir.

— Dehors !

— Lord Hargrave vous a laissé un message, milord.

— Dehors, je vous dis !

— Il a dit que c'était urgent, Votre Grâce.

Langford poussa un soupir et se redressa légèrement. Considérant ce mouvement comme un encouragement, Charles s'approcha et glissa le plateau d'argent juste sous son nez.

Langford refréna l'envie qu'il avait de le frapper, puis il prit le message écrit par lord Hargrave et le parcourut rapidement.

Suis parti à la chasse. Je reviens en début d'après-midi. Ne sortez sous aucun prétexte.

Urgent, urgent, il ne voyait pas ce qu'il y avait d'urgent. Dormir et ne plus sentir cette horrible gueule de bois, voilà qui était urgent à ses yeux. Et puis ça voulait dire quoi : « ne sortez sous aucun prétexte » ? Il ne tenait tout de même pas à ce qu'il reste confiné chez lui ? La menace avait beau être sérieuse, Langford était l'un des meilleurs bretteurs et l'un des meilleurs tireurs au pistolet du royaume. Il le fallait bien d'ailleurs. Avec le nombre de duels auxquels les hommes comme lui étaient généralement confrontés.

— Merci, Charles, fit-il d'une voix sèche avant de s'allonger de nouveau.

— Désirez-vous que j'ouvre les rideaux, milord ?

Langford leva les yeux au ciel puis réalisant que ses domestiques continueraient à l'empêcher par tous les moyens de faire obstacle à la routine bien réglée d'une grande maison britannique, il renonça définitivement à se rendormir.

— Entendu, Charles, entendu...

— La soirée chez lady Fairsax était réussie, milord ? s'enquit son valet d'un ton léger.

John fronça les sourcils. Réussie ? Oh non, on ne pouvait pas dire qu'elle était réussie.

Il n'était pas stupide, il savait qu'il encourait le risque de croiser un jour ou l'autre Rosalie, mais il n'avait pas mesuré à quel point le simple fait de se retrouver face à elle le troublerait ni combien elle lui avait manqué. La voir en compagnie de son fiancé avait été une vraie torture et il lui avait fallu toute la force de sa volonté pour ne pas fracasser le crâne de ce jeune imbécile de lord Eaton.

— Je vous prépare un bain, milord ?

Langford acquiesça en silence.

— Très bien, milord, répondit Charles d'un air pensif.

Un bain, voilà qui semblait parfait pour lui remettre les idées en place et chasser une bonne fois pour toutes l'image de Rosalie souriant à ce garçon fade et inconsistant qu'elle comptait épouser. De toute manière, que pouvait-il faire d'autre ? Tuer Edgfield et épouser Rosalie ? Pour finir par la perdre comme il avait perdu Clara et leur petit James ? Voir à nouveau sa maison en deuil et ses espoirs basculer dans la pire des souffrances ? Non, non, pas question. Il s'était juré de ne plus jamais revivre un tel enfer. Et pour cela, il devait à tout prix réussir à faire taire son cœur et à le convaincre de la laisser s'en aller.

— Tout est prêt, milord.

— Merci, Charles, rétorqua-t-il d'une voix sombre avant de se diriger vers la salle de bains.

Une heure plus tard, Langford était baigné, rasé, habillé et prêt à sortir en dépit du fait que Hargrave ne soit pas encore rentré.

— Puis-je savoir si Sa Grâce compte rentrer pour le dîner ? demanda son majordome en lui tendant son chapeau et un parapluie.

— J'en ai l'intention en effet, Benson. Pouvez-vous avertir lord Hargrave quand il rentrera que je compte passer au gymnase et me rendre ensuite à mon club ?

— Certainement, milord, répondit Benson en s'inclinant légèrement.

La salle d'entraînement était remplie de monde. Dans un coin, vêtu d'une culotte blanche, d'un gilet matelassé et d'une chemise, le duc de Langford affrontait le comte Greenwald à l'épée.

— Ça fait deux touches, où donc as-tu la tête ? le réprimanda Malcolm en envoyant un coup rapide en direction de la poitrine de Langford.

Ce dernier l'esquiva d'un mouvement de lame et se mit aussitôt à contre-attaquer.

— Je songeai à ton exquise épouse. A-t-elle réalisé son erreur ? Est-elle enfin prête à s'enfuir avec moi ? plaisanta John en tentant une feinte sans grand succès.

Malcolm grommela.

— John, je suis au regret de te l'annoncer, mais ma femme ne semble guère t'apprécier.

Langford esquiva un nouveau coup de justesse. Bon sang, se pouvait-il que Morgana ait été informée de sa liaison avec Rosalie mais qu'elle n'en ait jamais rien dit à Malcolm ?

— Alors, c'est qu'elle n'a aucun goût.

— Et qu'est-ce qui te fait dire ça ?

— Le fait même qu'elle t'ait épousé…

Malcolm s'esclaffa puis lui porta un nouveau coup et fit mouche.

— Susceptible, hein ? demanda John en regardant le sang couler faiblement de l'éraflure que venait de lui faire Malcolm.

Ce dernier poussa un soupir exaspéré.

— Tu me dois un verre.

John secoua la tête et observa longuement son ami. Malcolm avait beaucoup changé depuis la naissance de son fils. Bien sûr, il restait une vraie brute, les ecchymoses qu'il avait sur le corps pouvaient en attester, mais il semblait libéré de ses démons et de la colère qui le minait depuis des années, et paraissait comme apaisé.

— Tu penses que ça va améliorer mes performances ?

— Non, mais ça rendra ta défaite plus plaisante ! lança Malcolm en riant.

L'ambiance au bar du Fourty Club était calme et feutrée, à l'instar du reste du lieu. On pouvait y discuter, parler affaires, politique et boire en toute tranquillité. Bien entendu, les amis, les associés, les pairs de Langford lui avaient jeté des regards curieux à son arrivée car tous s'interrogeaient sur son absence prolongée et son retrait de la société durant les deux dernières années. Mais s'ils spéculaient entre eux, aucun n'était encore venu directement lui demander pourquoi.

Malheureusement, John ne pouvait pas s'attendre à ce que Greenwald fasse montre d'autant de discrétion.

— Alors ? Tu ne m'as toujours pas expliqué à quoi tu as occupé ton temps ces deux dernières années.

Langford esquissa un rictus.

— Eh bien, tu sais ce que c'est : les dames, les bals, le jeu, la boisson, les scandales… rien que de très habituel.

— Alors pourquoi partir ?

— J'avais des affaires à régler.

— Il y a une femme là-dessous ?

Langford pinça légèrement les lèvres.

— Ce n'est pas ce que tu imagines…

— Donc il y a bien une femme ?

Langford avait à maintes reprises, depuis leurs retrouvailles, tenté de lui expliquer les raisons de sa fuite, de lui avouer sa lâcheté, ses incertitudes et la terreur qu'il ressentait à l'idée de souffrir à nouveau. Mais les mots étaient restés bloqués dans sa gorge au point de l'étouffer. Il était trop tard. Bien trop tard. Il ne pouvait ni changer ni réparer ce qu'il s'était passé. Il allait devoir vivre avec ce fardeau pour le restant de sa vie et assister impuissant au mariage de la femme qui occupait ses pensées jour et nuit.

— Greenwald, fiche-moi la paix !

— Oh, mais dis-moi, ça m'a l'air sérieux. Est-elle italienne ? autrichienne ? américaine ? française ?

Langford prit un air faussement vexé.

— Française ? Voyons, Greenwald, voilà qui serait bien peu patriotique !

Malcolm s'esclaffa.

— Tu as raison. D'ailleurs, de toi à moi, rien ne vaut les Écossaises.

— Mais Morgana...

— Les Charbrey sont des cas à part. Elles sont uniques, ça ne compte pas.

Langford inspira profondément. Uniques... oui. C'était bien ça l'ennui. Nom d'un chien ! Il fallait quand même être un sacré imbécile pour s'infliger ça. Pourquoi avait-il fait la folie de revenir alors qu'il ne savait que trop la faiblesse qu'il avait envers Rosalie ? S'il avait attendu ne serait-ce qu'un mois, il l'aurait trouvée mariée et aurait dû se faire une raison !

— Je dois y aller, j'ai rendez-vous avec mon avoué. On se retrouve à la soirée de lady Cawfied ? demanda John en sc détournant.

— Tu ne préfères pas plutôt boire et jouer aux cartes avec un vieil ami ? demanda Malcolm en souriant.

— Pas question. La dernière fois que j'ai joué avec toi, tu m'as fait perdre millc livres !

— Ce n'est tout de même pas ma faute si tu as manqué de chance !

— Non, ce serait la mienne si je laissais une brute écossaise continuer à me plumer ! ricana Langford avant de s'éloigner.

Chapitre 13

— Souhaitez-vous que je vous rapporte quelque chose, ma tante ? demanda Rosalie.

— Ma chère, ce n'est pas parce que vous êtes vêtue comme une domestique que vous devez vous comporter comme telle, répliqua lady Carrington d'un ton mordant.

Rosalie sourit. Elle avait revêtu effectivement une tenue très simple : une vieille robe et un chapeau appartenant à Jane, la femme de chambre, et un manteau de mauvaise facture destiné aux bonnes œuvres. Elle ne portait ni fard ni bijoux et tenait un panier d'osier à la main.

— Vous savez parfaitement les raisons qui me poussent à me déguiser de la sorte.

Lady Carrington leva les yeux au ciel.

— Me prenez vous donc pour une sotte ? Bien entendu que je le sais ! Ce que je ne sais pas, en revanche, c'est s'il est bien prudent de vous laisser sortir seule et sans chaperon.

— Eh bien, si vous vous inquiétez de ma sécurité, sachez que j'ai loué un attelage, ma tante.

— Comment est cet éditeur que vous allez secrètement visiter ?

— Vieux, sérieux et atrocement ennuyeux.

Lady Carrington s'esclaffa.

— Voilà qui ne m'encourage guère à vous accompagner !

Rosalie ne put s'empêcher de sourire.

— Vous êtes impossible !

Puis elle ajouta en se dirigeant vers la porte :

— Je devrais être de retour dans deux heures. Le temps de lui confier mon manuscrit et de discuter des nouvelles conditions de mon contrat.

— Fort bien ! N'oubliez pas que je reçois à partir de dix-sept heures aujourd'hui, ne soyez pas en retard.

Sa voiture immobilisée en raison des travaux sur Regent Street et du trop grand nombre d'attelages parcourant Harley Street, Langford n'écoutait que d'une oreille le bavardage de lord Havenhurst lorsque tournant la tête vers le trottoir pour tromper l'ennui, il aperçut une jeune femme dont le visage lui sembla étrangement familier.

Clignant des yeux, il la fixa intensément tandis qu'elle se mêlait à la foule des passants, la suivit un bon moment du regard, puis il la vit disparaître dans un immeuble.

— Que se passe-t-il, Langford ? Vous semblez préoccupé, commenta lord Havenhurst tandis que John se penchait par la vitre avec une expression contrariée.

— Ce n'est rien, je crois que j'ai simplement besoin de prendre un peu l'air, répliqua-t-il sèchement.

Bonté divine ! Ça ne pouvait être que l'effet de son imagination. Rosalie Charbrey ne pouvait se promener seule dans un endroit pareil, vêtue comme une femme de chambre ou une domestique quelconque. Non, non, c'était tout bonnement inconcevable !

— Vous êtes sûr ? Parce que je peux très bien vous accompagner et...

Mais lord Havenhurst n'eut pas même le temps de terminer sa phrase que John ouvrait la portière et descendait précipitamment de la voiture.

Puis, avançant vers le cocher, il ajouta :

— Sauton, conduisez lord Havenhurst où il le désirera et rentrez à la maison. Je n'ai plus besoin de vos services pour le moment.

L'instant d'après, la rue se dégageait tout à coup et il lui fallut pratiquement bondir sur le trottoir pour ne pas être renversé par les chevaux d'un autre attelage qui filaient droit sur lui.

— Oh, mon pauvre monsieur ! Vous allez bien ? Il aurait pu vous tuer, vous savez ? remarqua une vieille mendiante qui avait assisté à la scène.

Me tuer ? Hum... se peut-il que... ? se demanda John en regardant l'attelage qui se trouvait maintenant au bout de la rue. Mais non. C'était une simple coïncidence, voilà tout. D'ailleurs, ce genre de choses arrivait tout le temps. Combien de gens, combien d'enfants se faisaient chaque jour écraser par un cocher trop pressé ou une stupide charrette ? Quelques-uns, pour le moins. Il n'y avait pas de quoi s'inquiéter.

Il salua donc gentiment la vieille femme en lui glissant une pièce dans la main, puis s'éloigna rapidement en direction de l'immeuble où sa proie s'était engouffrée. Au pied de la bâtisse, il remarqua immédiatement le panneau qui indiquait « Carter and Brown » et eut tout à coup la certitude qu'il n'avait pas rêvé et que la jeune fille qu'il avait aperçue à travers la fenêtre était bien Rosalie.

Folle, tu es complètement folle, songea-t-il rageusement en levant les yeux vers les étages où se trouvait le bureau de Floyd Holliver, l'un des plus grands éditeurs de Londres.

Que faire ? Devait-il attendre qu'elle ait réglé ses affaires ? Elle avait terminé un nouveau roman de toute évidence ou peut-être était-elle en train de négocier une nouvelle parution, mais peu importe ! Il n'était pas convenable qu'elle se rende seule et sans protection à un rendez-vous. D'ailleurs, Greenwald ne devait certainement pas être au courant, autrement, il n'aurait jamais permis une chose pareille. Rosalie avait beau être comme toutes les Charbrey, éprise de liberté et difficile à contrôler, il y avait tout de même des limites à ne pas dépasser.

Et Langford était bien déterminé à le lui rappeler.

Rosalie et M. Holliver se quittèrent enchantés. Elle avait négocié en sus de ses avances un pourcentage plus que rémunérateur sur la vente de ses œuvres et son éditeur avait obtenu d'elle qu'elle lui concède les droits de ses trois prochains romans. Bref, tout lui semblait pour le mieux dans le meilleur des mondes jusqu'à ce qu'elle franchisse la porte de Carter and Brown.

— Rosalie ?

Elle écarquilla les yeux.

— Qu'est-ce que tu fais ici ?

— Je pourrais te retourner le compliment, ma chère, que t'a-t-il pris de venir ici toute seule ? Regarde-toi, tu es fagotée comme une domestique ! Tu as perdu la raison ?

— De quoi tu te mêles ? Je ne vois vraiment pas en quoi ça te regarde ! Tu ne peux donc pas me laisser en paix ? répliqua-t-elle avant de le planter là et de courir vers l'attelage de louage qui l'attendait au coin de la rue.

Elle ne portait pas de corset, Dieu merci, et ses pas étaient aussi légers et rapides que si elle avait été nue.

Nom de nom, pourquoi avait-il fallu qu'elle tombe une nouvelle fois sur lui ? Londres n'était pourtant pas une si petite ville. Elle regorgeait littéralement d'habitants, alors pourquoi ce maudit duc se trouvait-il toujours sur son chemin ?

— Rosalie ! hurla Langford en se lançant à sa poursuite.

Trop furieux pour se soucier du spectacle qu'il offrait aux passants, il la rattrapa au moment où elle s'engouffrait dans la voiture. La poussant à l'intérieur, il ferma la portière violemment et la plaqua sur la banquette en s'allongeant sur elle de tout son long.

— Lâche-moi ! Je t'interdis de…

— Tu m'interdis quoi ? Tu n'as rien à m'interdire, mon cœur !

— Tout va bien, mademoiselle ? Vous voulez que j'aille chercher de l'aide ? demanda tout à coup le cocher de l'autre côté de la porte.

Rosalie rougit brusquement en songeant au scandale qu'ils pourraient provoquer si l'une de ses relations ou l'une des relations de Langford avaient la mauvaise idée de passer dans le secteur au même moment ou que des policiers ou des badauds étaient impliqués.

— Je... je... oui, tout va bien...

— Z'êtes sûre ?

— Oui, oui..., fit-elle dans un souffle tandis que Langford la fixait avec un regard si pénétrant et si intense qu'elle se sentit se liquéfier.

— Conduisez-nous au 28 Epsom Street, cocher, et au plus vite ! ordonna John sans la quitter des yeux.

Le ton autoritaire de la voix de Langford ramena Rosalie à la réalité. Elle redressa les épaules et fit appel à tout ce que sa bonne éducation lui avait appris. Une dame devait rester imperturbable et garder son calme dans n'importe quelle situation. Y compris lorsque l'homme dont elle avait été éperdument amoureuse se couchait sur elle et la traitait de la plus odieuse des façons.

— Langford, il est inutile de me ramener chez ma tante. Je peux fort bien me débrouiller !

— Pour une femme dotée d'une intelligence nettement supérieure à la moyenne, tu agis avec autant de bon sens qu'un âne bâté.

Elle arqua un sourcil.

— Ah oui ?

— Te promener seule dans Londres et dans un quartier pareil ! As-tu donc perdu la tête ?

— Et même si cela était, en quoi cela te regarde-t-il ?

Les mâchoires de John se contractèrent.

— Tout ce qui te touche me regarde. Que ça te plaise ou non.

Les mots s'étaient échappés de la bouche de John sans qu'il cherche à les contenir. Et il réalisa soudain qu'il le pensait. Qu'il le pensait réellement et en était passablement surpris.

— Tu n'es ni mon mari ni mon tuteur, tu n'as aucun droit sur moi, répliqua-t-elle calmement.

— Et Dieu m'en garde ! Toi et tes sœurs êtes toutes impossibles ! Quand je pense à ce qu'endure ce pauvre Malcolm…

— Ce pauvre Malcolm, comme tu dis, nous adore et je suis certaine qu'il n'échangerait sa place pour rien au monde, lâcha-t-elle avec un sourire.

Langford avait beau être en rogne, il devait bien reconnaître que c'était malheureusement probable.

— Alors, c'est qu'il doit être fou à lier et que sa confiance est fort mal placée.

Elle esquissa un rictus.

— Je peux difficilement prétendre le contraire, répondit-elle en lui lançant un regard appuyé.

Une expression coupable s'afficha sur le visage de Langford.

— Je sais parfaitement ce que j'ai fait. Il est inutile de me le rappeler.

— Oh, je t'en prie, nous sommes tous deux responsables de la situation, toi pour m'avoir séduite et moi pour t'avoir cédé, mais il n'est pas pour autant nécessaire de se flageller, lança-t-elle, agacée.

Puis elle poussa un soupir et ajouta :

— Tu veux bien me libérer maintenant ?

— Non. Pas avant que tu m'expliques pourquoi tu t'es affublée de la sorte !

Elle leva les yeux au ciel.

— Je n'en sais rien, peut-être devrais-tu en parler avec ma couturière ?

— Rosalie !

— Oh, mais bon sang, réfléchis un peu ! Tu sais parfaitement pour quelle raison je dois me montrer discrète ! Si quelqu'un découvrait qui est en réalité Edmund Charberey... enfin, tu imagines le scandale !

Il la dévisagea longuement et caressa son menton avec le bout de son pouce. Ce qu'elle disait n'était pas dénué de sens. Il le savait. Mais pour une raison obscure, il supportait mal de la voir prendre le moindre risque.

— Tu ne lui as rien dit, n'est-ce pas ?

— À qui ?

— À Eaton ? Tu ne lui as pas dit que tu écrivais ?

— Et quand bien même, en quoi cela te concernerait-il ?

— De quoi as-tu peur ? Tu crois qu'il risque de s'enfuir s'il apprend quel genre de femme se cache en réalité derrière sa parfaite et ô combien respectable fiancée ?

Elle manqua s'étouffer d'indignation.

— Je ne crains rien !

Une lueur diabolique s'alluma dans ses yeux bleus.

— Menteuse ! fit-il avec un sourire si charmeur qu'elle sentit son cœur faire un bond dans sa poitrine.

— Je ne mens pas ! William tient à moi, il apprécie mes qualités et…

— Il faudrait être aveugle pour ne pas les apprécier, mon cœur, tu es d'une beauté à couper le souffle ! s'exclama-t-il avec un rire espiègle.

— Il ne s'agit pas de cela.

— Mais si ! Tu es riche et belle ! Bref, tu possèdes tout ce que recherchent les hommes comme lui.

— Et moi, je sais ce que recherchent les hommes comme toi.

— Vraiment ?

— Oui, et je préfère de très loin me jeter dans les bras de William plutôt que…

— De prendre le risque de retomber dans les miens ? demanda-t-il avec un sourire sarcastique.

Elle lui jeta un regard outré.

— Jamais ! Ça n'arrivera plus jamais.

Il s'esclaffa puis s'arrêta de rire brusquement. Jamais ? Bien sûr, qu'imaginait-il ? Qu'elle accepterait de rester sa maîtresse une fois mariée ? Non. Évidemment que non. Elle allait disparaître de sa vie, et lui ne tarderait pas à replonger dans l'abîme de solitude où il avait vécu ces deux dernières années. Et ça, il n'était pas sûr de pouvoir l'accepter.

— Est-ce un défi ?

Rosalie fronça les sourcils. Oh oh… cette fois pas de doute, l'humeur de Langford venait de changer. Et le regard qu'il fixait à présent sur elle était si troublant qu'elle ressentit le besoin soudain de se soustraire à son emprise.

— Pense ce que tu veux mais cesse ces enfantillages et laisse-moi me redresser ! Ça devient ridicule !

— Ridicule ? Pourtant, cette position me semble des plus attrayantes, fit-il en faisant lentement remonter sa main le long de ses hanches jusqu'à l'échancrure de sa poitrine.

Rosalie écarquilla les yeux tandis que des frissons la parcouraient tout entière. Il n'allait pas... ? Non, non, il n'allait tout de même pas oser...

— John... qu'est-ce que tu fais ? fit-elle en tentant de le repousser sans succès.

Jusque-là, elle s'était autorisée à nourrir le secret espoir qu'elle était parvenue à le rayer de sa vie et que l'attitude ignoble de Langford avait presque entièrement anéanti l'amour et le désir qu'elle ressentait pour lui. À présent qu'il la tenait tendrement dans ses bras, elle comprenait combien elle s'était leurrée.

— Ne me dis pas que tu as oublié...

Oh non, elle n'avait rien oublié et c'était bien le problème. Langford était la tentation incarnée.

— Je te préviens : je vais crier !

— Alors je vais devoir te faire taire, répliqua-t-il d'un air malicieux avant de poser sa bouche sur ses lèvres avec une telle sensualité qu'elle sentit son cœur chavirer.

— John, s'il te plaît, ne fais pas ça..., parvint-elle à articuler dès qu'il eut cessé.

Il réprima un sourire tandis qu'un étrange mélange d'émotions le submergeait.

— Faire quoi ? demanda-t-il en caressant le renflement de ses seins.

— Ça, fit-elle plaintivement tandis qu'il posait ses lèvres sur sa poitrine et jouissait du petit cri qu'elle n'avait pu retenir.

— Oh ça..., murmura-t-il à son oreille avant de palper à nouveau sa peau nacrée et de téter ses seins jusqu'à ce qu'elle se mette à gémir.

— John, tu ne dois pas... oh... balbutia-t-elle en sentant la pointe de ses tétons se durcir.

C'était mal. Très mal, elle le savait. Mais elle ne pouvait s'en empêcher. Les sensations qui l'envahissaient ne lui permettaient plus de réfléchir. Son corps entier semblait se révolter contre sa volonté. Chaque centimètre de sa peau aspirait à se laisser caresser.

— Tu m'as tellement manqué, mon cœur, fit-il en glissant sa main sous son jupon qu'il remonta sur le haut de sa cuisse.

— John, non ! fit-elle en saisissant son poignet pour lui faire lâcher prise, mais il avait déjà de son autre main retroussé sa robe et découvert ses cuisses.

Ah non, non, non... ça ne peut pas être réel... c'est... oh, mon Dieu ! songea-t-elle sans pouvoir refréner un gémissement en sentant sa langue s'introduire dans la fente de son sexe.

Elle se cambra et une onde de plaisir la parcourut tandis que sa bouche et ses doigts parcouraient l'intérieur de sa chair.

— John, pitié, fit-elle en s'agrippant aux épaules de Langford.

— Demande-moi d'arrêter et je le ferai, mon cœur...

Arrêter ? Elle en mourrait...

— Je... je ne peux pas... gémit-elle à nouveau tandis que le plaisir montait, enflait, de seconde en seconde.

John avait conscience qu'elle était sur le point de hurler son plaisir mais il voulait plus. Il voulait la rendre folle, il voulait la voir se soumettre à lui et se tordre.

— Alors supplie-moi… supplie-moi de continuer…

Rosalie savait que c'était impudique et scandaleux mais elle ne pouvait s'empêcher de gémir, de se cambrer et de songer au plaisir qu'elle ressentait… elle n'avait plus la moindre volonté.

— Je t'en prie…

Langford réprima un sourire puis redoubla d'efforts langue et doigts s'affairant à l'unisson jusqu'à ce qu'elle explose contre lui, crie son nom et serre les doigts sur ses cheveux.

— Oh, mon cœur, tu es si belle…

Deux ans, il avait passé deux longues années à rêver à sa peau douce, à la fermeté de ses seins, à ses hanches rondes, à cette manière incroyable et unique qu'elle avait de s'abandonner. Deux ans sans pouvoir assouvir la faim qui le tenaillait… alors, d'un geste il fit glisser son pantalon sur ses genoux puis n'y tenant plus, il prit enfin possession d'elle.

— Oh oui, souffla Rosalie tandis qu'elle le sentait l'emplir brutalement.

Entière. Elle avait enfin l'impression d'être entière et qu'une partie de son âme, une partie qu'il lui avait depuis longtemps dérobée lui était tout à coup restituée.

Fermant les yeux, elle se cabra, entoura ses jambes autour de sa taille et commença à onduler dans un rythme effréné.

Oh non, mon amour, pas encore, pensa John en sentant les mains de Rosalie se crisper sur ses épaules et son corps se tendre dans l'attente de la vague de plaisir qui s'apprêtait à déferler.

— Regarde-moi, mon ange, ordonna-t-il en se figeant brusquement.

Elle obéit, puis il se retira et la pénétra plus profondément.

Un cri s'échappa de sa gorge.

— Plus jamais ? Tu es sûre ?

— Je... je...

Il sourit.

— C'est bien ce que je pensais, fit-il en accélérant le rythme jusqu'à ce que le plaisir la submerge avec la puissance d'un raz de marée.

Puis il se retira et la jouissance déferla en lui à son tour avec une force qui lui coupa le souffle et le fit littéralement trembler de la tête aux pieds.

Chapitre 14

Rosalie cherchait fébrilement à se composer une attitude tandis qu'elle regardait, pensive et honteuse, John rajuster ses vêtements silencieusement. Si seulement elle avait été plus forte, si seulement elle ne l'avait pas autant aimé ou qu'elle avait écouté sa tante et n'était pas sortie sans chaperon, rien de tout cela ne serait arrivé. Qu'allait-elle faire maintenant ? Et ses fiançailles ? Ne pas avouer à son futur mari qu'il ne serait pas le premier était une chose, mais le tromper dans un attelage avec son amant en plein milieu de Londres était un véritable camouflet. Mon Dieu, comment avait-elle pu se montrer si irréfléchie et si inconséquente ? Ses erreurs passées ne lui avaient-elles donc rien appris ?

— Je n'aurais jamais dû te quitter.

Elle tressaillit et mit une ou deux secondes à comprendre qu'il lui parlait.

— Pardon ?

— Partir a été une des plus grosses erreurs de ma vie.

Elle battit des cils en cherchant à comprendre ce qu'il voulait dire.

— Oh, j'ignorais que ton voyage avait été à ce point déplaisant.

Il eut un rire bref teinté d'amertume.

— Non, il ne l'a pas été. Mais ce n'est pas vraiment le problème.

— Ah non ? Je veux dire, tu ne m'as jamais dit où tu étais allé. Évidemment, il y avait bien certains ragots qui faisaient courir le bruit que tu fréquentais certaines cours à l'étranger mais…

— C'était effectivement le cas.

— Pourquoi ? Tu avais des affaires à y mener ?

Son visage s'assombrit.

— Oui et non.

Elle inspira profondément.

— Ah… alors c'est… à cause d'une femme ?

Les yeux de Langford s'arrondirent. Qu'est-ce qu'il leur prenait à tous ? Ce n'était pas comme si l'Angleterre s'était soudain vidée de toute sa gente féminine !

Il secoua la tête.

— Tu penses que je suis parti pour quelqu'un d'autre ?

Elle prit un air faussement indifférent.

— Te connaissant, cela m'a paru plausible, oui.

— Rosalie, notre liaison a duré près de trois mois et durant tout ce temps, j'ai séjourné à Charbrey sans jamais te quitter…

Rosalie fronça les sourcils. Il était difficile de contester la justesse de cet argument mais…

— Alors en ce cas, pourquoi te montrer aussi secret sur les motifs de ton départ ? Pourquoi ne pas m'avoir parlé de tes projets ? J'aurais pu comprendre... et te dire adieu.

— Tout simplement ?

Elle sentit sa gorge se serrer.

— Je n'ai jamais rien attendu de toi. J'ai toujours su que nous n'avions aucun avenir ensemble, mais je pensais que tu m'aimais bien et que tu me considérais au moins comme une amie. Mais toi, tu... tu...

Parler. Elle devait continuer à parler et ne pas céder aux larmes. Mais c'était plus fort qu'elle. Tant de peine, tant de souffrance et pourquoi ? Pour se retrouver dans la même situation qu'autrefois.

— Rosalie, j'ai été lâche, pardon, fit-il en essuyant doucement du doigt les larmes qui coulaient sur sa joue. Mais si tu veux savoir la vérité, tu étais la dernière personne au monde à laquelle j'aurais pu me confier, avoua-t-il d'une voix sourde.

Elle eut un sourire triste.

— Je vois.

Il esquissa un rictus.

— J'en doute...

— Ne crois pas ça. Je te l'ai dit, je savais que tu ne m'épouserais pas. Mais tu me rendais tellement heureuse et j'avais l'impression que toi aussi tu l'étais... Oh, bien sûr j'avais conscience que je n'étais pas aussi expérimentée que toutes les autres femmes que tu fréquentais et j'imagine que tu devais me trouver un peu ennuyeuse mais...

— Ennuyeuse ? Toi ? Tu es folle ! Oh, Rosalie, tu éveilles tellement de choses en moi... tu...

Sa voix se brisa puis il ajouta :

— Le jour où je suis parti, j'étais sur le point de demander ta main à Malcolm.

Elle sentit soudain son cœur palpiter. Sa main ? *Oh, mon Dieu, mais pourquoi ne l'as-tu pas fait ?* hurla-t-elle intérieurement. *Pourquoi m'as-tu laissée seule et désespérée ? Pourquoi as-tu attendu que je m'engage auprès d'un autre homme ?*

— Et puis...

— Et puis tu as changé d'avis, poursuivit-elle en détournant le regard.

— Et puis j'ai eu peur, rectifia-t-il. Bon sang, Rosalie ! Tu n'imagines pas à quel point j'ai souffert en perdant Clara et le bébé... je... je n'avais aucune envie de revivre une telle situation !

Ainsi Morgana ne se trompait pas quand elle prétendait que Langford était terrifié à l'idée de s'attacher à une femme depuis la perte de sa famille. Ni quand elle lui avait raconté ce que Malcolm lui avait confié sur la terrible période qui s'était ensuivie. Mon Dieu, comment avait-elle pu être aussi aveugle ? Entretenir une liaison avec une femme mariée ou une demi-mondaine était une chose, mais avec une jeune fille de la meilleure société, c'était le mariage assuré et un cauchemar pour un homme avec un tel passé.

— Alors tu es parti ?

— J'ai fait mes bagages dans l'intention de voyager une dizaine de jours afin de réfléchir mais...

Comment pouvait-il lui raconter qu'il avait rencontré cette femme, cette Française et que sa vie avait ensuite complètement basculé ? Comment lui expliquer tous les intérêts qui étaient en jeu ?

Liverpool ? La guerre ? L'Angleterre ? C'était tout bonnement impossible.

— Mais les semaines ont passé et puis les mois...

— Et le temps t'a aidé à reprendre tes esprits, en déduisit-elle aussitôt.

Si seulement, songea Langford, la gorge nouée.

Elle haussa les épaules.

— De toute façon, ça n'a plus d'importance. Dans trois semaines, je deviendrai vicomtesse d'Edgfield et nous serons définitivement libérés l'un de l'autre.

Langford était tombé de cheval lorsqu'il était enfant, sa tête avait violemment heurté une souche d'arbre et l'avait laissé quelques instants trop abasourdi pour réaliser ce qu'il venait de lui arriver. En cet instant, il ressentait exactement la même chose et ne savait pas comment réagir.

Il lui jeta un regard incrédule.

— Rosalie, tu ne peux pas sérieusement continuer à envisager d'épouser cet homme ?

— Je suis promise à lui, John, je lui ai donné ma parole.

William ne méritait pas ça. Il était gentil, droit, tendre. Elle ne pouvait pas le rejeter et l'humilier de cette façon. D'ailleurs, pourquoi l'aurait-elle fait ? Langford avait été très clair : il n'avait rien à lui offrir.

— Mais tu ne l'aimes pas.

Elle ne put s'empêcher de sourire.

— Qu'en sais-tu ? J'ai tellement espéré ton retour, j'ai tellement pleuré, souffert... mais il a bien fallu que je survive. William m'a offert un avenir et je ne veux pas y renoncer.

William ? William n'était pas digne de lui baiser les pieds ! Rien qu'à l'idée qu'il puisse la voir nue, la caresser, la posséder, Langford devenait fou. Alors oui, il l'avait abandonnée, oui, il l'avait quittée et s'était comporté comme le plus parfait des imbéciles, oui, il avait commis une erreur mais…

— Et tu veux que j'accepte ça ?

— Oui.

Elle le pensait. Elle le pensait sincèrement. Il pouvait le voir à son regard. Langford sentit soudain une violente douleur lui compresser la poitrine.

— Pas question.

— Sois raisonnable, John. Je veux vivre au grand jour, je veux une famille et…

— … alors épouse-moi.

Les mots s'étaient échappés de la bouche du duc de Langford sans qu'il s'en rende compte. Et il resta un instant prostré en se demandant quelle mouche l'avait piqué tandis que Rosalie sentait les battements de son cœur s'accélérer.

— Tu me demandes de t'épouser ?

John déglutit. Il ne pouvait plus reculer. Non, pas après ce qu'il venait de dire et certainement pas sans provoquer sa haine et son mépris.

— Oui.

Rosalie inspira profondément. Seigneur, à une certaine période de sa vie, elle aurait accepté de marcher sur des charbons ardents des heures durant pour l'entendre prononcer ces mots, mais elle n'était malheureusement plus aussi naïve et elle se demandait ce qu'il lui arrivait. Avait-il bu ? Perdait-il l'esprit ? Était-ce une plaisanterie ?

— Pourquoi ?

— Je veux faire ce qui est juste. Je t'ai blessée, je me suis comporté comme une brute avec toi. Je tiens à réparer le tort que…

— Oh, John, un mariage ne doit pas être fondé sur un vulgaire sentiment de culpabilité ! Autrement, il est voué à l'échec, expliqua-t-elle en cachant mal sa déception.

Puis elle se pencha et l'embrassa sur la joue en ajoutant :

— Mais c'est très gentil de ta part de me l'avoir proposé.

— Gentil ?

— Oui.

— Rosalie, je n'essaie pas de me montrer gentil !

Elle se força à sourire.

— Mais si et je t'en suis très reconnaissante.

Langford poussa un soupir. Bon sang, mais pourquoi ne lui avait-il pas simplement dit la vérité ? Pourquoi ne pas lui avouer qu'il n'avait jamais pensé qu'à elle ? Qu'il n'avait jamais éprouvé une telle passion pour aucune autre femme depuis Clara ? Qu'il ne supportait pas l'idée de la perdre. Elle allait probablement lui rire au nez et prendre ses déclarations pour un mensonge de plus mais…

— Je crois qu'il serait plus prudent à l'avenir de nous éviter, dit-elle alors que la voiture s'immobilisait.

— Rosalie ? fit-il en posant sa main sur son avant-bras tandis que le cocher ouvrait la portière.

— Oui ?

Il planta son regard dans le sien et esquissa un tel sourire qu'elle se sentit se liquéfier sur-le-champ.

— Que préfères-tu comme bague de fiançailles ? Un rubis ou une émeraude ?

Chapitre 15

Il était près de seize heures quand Hargrave parvint enfin à retourner dans la somptueuse demeure du duc de Langford. Le temps d'avertir Liverpool, de réveiller son réseau de malfrats et de pickpockets qui sévissaient à Saint-Gilles et d'installer quelques-uns de ses agents aux alentours de la résidence « officielle » de Sofia Berresford, il s'était écoulé plusieurs heures.

— Sa Grâce m'a demandé de vous avertir qu'elle était à son club, milord, déclara Benson d'un ton guindé.

Lord Hargrave fronça les sourcils.

— Lui avez-vous porté le message que je vous avais laissé ce matin avant de partir ?

— Bien entendu, milord.

Hargrave soupira. La peste soit de Langford ! Quel besoin avait-il de s'exposer ainsi ? Ne pouvait-il donc pas rester tranquille ?

— Merci, Benson.

Quelques minutes plus tard, il se rencognait sur la banquette du salon et se perdait dans ses réflexions.

Si la belle de Troie avait effectivement l'intention d'assassiner un pair du royaume, il n'en connaissait nullement la raison, ce qui ne laissait de l'intriguer. Il savait que le duc était un patriote et qu'il s'était livré à la demande personnelle du Premier ministre à certains actes d'espionnage, mais il ne pouvait s'empêcher de se demander ce que venait faire une espionne de la trempe de la belle de Troie dans cette affaire et ce qu'il avait bien pu se passer entre ces deux-là pour déclencher chez une femme réputée froide et pragmatique une telle animosité. Car après tout, en s'introduisant ainsi en territoire ennemi, elle prenait de gros risques que la raison seule ne pouvait pleinement justifier. Ce qui impliquait soit que Langford possédait certaines informations compromettantes qu'il n'avait pas encore pris la peine de révéler – ce qui était inenvisageable –, soit qu'il s'agissait d'une vengeance personnelle – ce qui au vu de la réputation de Langford et de son succès auprès des femmes était bien plus crédible.

— Rosalie ! Enfin vous êtes rentrée ! Je commençai sérieusement à m'inquiéter ! Mes invités ne vont pas tarder, lança lady Carrington tandis que Chambers l'aidait à ôter son manteau.

Rosalie, encore troublée par ce qu'il venait de se passer, balbutia :

— Oui, je… je vais m'apprêter de ce pas, ma tante.

— Oh oh… attendez ! Mais quelle horreur ! gronda lady Carrington en remarquant affolée que la robe de Rosalie était froissée et que ses cheveux étaient défaits. Mon Dieu, mon enfant, que vous est-il arrivé ?

Rosalie se mit tout à coup à rougir puis elle se pencha à son oreille et murmura :

— Langford. Il a insisté pour me raccompagner... et une chose en entraînant une autre...

L'inquiétude qu'elle pouvait lire sur le visage de sa tante s'évapora instantanément, puis lady Carrington glissa son bras sous celui de Rosalie et l'entraîna vers le petit salon.

— Ce n'est que ça ! Vous m'avez fait peur !

— Mais, ma tante, vous ne comprenez pas... il m'a... enfin nous avons...

— Je comprends fort bien ! J'ai été jeune moi aussi, figurez-vous.

Puis elle baissa la voix et dit sur le ton de la confidence :

— Ce genre de chose nous arrivait très souvent à votre oncle Édouard et à moi.

— Mais, ma tante, il était votre époux ! Moi je suis fiancée à un autre homme et...

Des larmes lui montèrent soudain aux yeux.

— Mon Dieu, je ne sais plus où j'en suis.

— C'est pourtant simple, ma chère : Sa Grâce vous a-t-elle demandé de l'épouser ?

Rosalie lui jeta un regard étonné.

— Comment le savez-vous ?

— Je le sais parce qu'il est fou de vous. Il faut l'être d'ailleurs pour provoquer un tel scandale !

— De quoi parlez-vous ?

— Mais du cocher de votre attelage de location, ma chère ! Il vous a probablement espionnée. La plupart de ces gens propagent des commérages en tout genre. Il vous a déposée ici et même s'il vous prend pour une domestique, il ne peut ignorer qui est le duc de Langford. Cela va déclencher certaines curiosités, la vie d'un duc est épiée à la loupe, surtout celle d'un célibataire aussi convoité.

Rosalie blêmit.

— Vous... vous pensez qu'ils vont faire le rapprochement ?

— Il y a de fortes chances. Ces gens-là sont d'une indiscrétion !

— Oh, mon Dieu ! Morgana va me tuer !

— Cela m'étonnerait fort. Votre sœur est loin d'être un parangon de vertu. Si je vous disais dans quel état l'avait mise Greenwald à l'époque...

— Oui, mais eux n'ont pas eu la bêtise de se faire prendre.

— Ça n'a guère d'importance puisque vous comptez l'épouser.

Rosalie se mordit les lèvres.

— Justement non, ma tante, j'ai refusé.

Lady Carrington haussa un sourcil.

— Pardon ?

— J'ai refusé.

— Et qu'a répondu le duc ?

— Il m'a demandé si je préférais avoir une émeraude ou un rubis comme bague de fiançailles.

Lady Carrington s'esclaffa.

— Alors voilà qui est réglé.

— Mais pas du tout, ma tante, je ne peux pas... je... je dois me marier avec William et...

— Épouser Edgfield est désormais hors de propos, Rosalie.

— Mais...

— Il n'y a pas de « mais ». Langford vous aime et vous l'aimez, alors pourquoi faire tant d'histoires ?

Rosalie secoua la tête.

— Il ne m'aime pas, il culpabilise, il fait simplement son devoir et…

— Sottises que tout cela ! Langford n'est pas le genre d'homme à se plier aux règles. Il aurait très bien pu vous laisser épouser votre vicomte et s'en laver les mains. Il a tout fait au contraire pour vous compromettre et provoquer votre rupture parce qu'il voulait vous avoir pour lui seul, remarqua-t-elle d'une voix sévère.

Rosalie prit un instant de réflexion. Oui, ce que disait sa tante pouvait paraître logique. Mais contrairement à ce qu'elle s'imaginait, John n'avait rien prémédité et avait simplement agi de manière trop impulsive. Et il s'était ensuite contenté d'essayer de réparer le tort qu'il venait de lui causer.

— Ma tante, je vous assure que vous ne saisissez pas la situation. Nous ne pourrons jamais être heureux dans de telles conditions. Langford agit certes de manière très chevaleresque, mais à un moment ou à un autre, il regrettera sa demande et alors que ferons-nous ?

— S'il en est ainsi, nous aviserons. Pour l'instant, parons au plus pressé et allez donc vous changer. Il ferait beau que mes invités vous découvrent dans cette tenue !

Chapitre 16

Mille questions traversèrent l'esprit de Langford durant son trajet de retour. Certes, il n'était pas inquiet. Malgré ses réticences, il était certain que Rosalie finirait à un moment ou à un autre par accepter son offre. Elle l'aimait. Comment expliquer autrement la manière dont elle s'était abandonnée ? Elle avait probablement peur et peut-être même était-elle en colère, mais elle l'aimait. De cela il était sûr. Et elle allait renoncer à son mariage avec le jeune Eaton. Du reste, elle n'avait pas d'autre choix. Évidemment, Langford pouvait menacer le cocher ou lui verser suffisamment d'argent pour l'empêcher de parler, mais il n'en avait curieusement aucune envie. Bien au contraire. Il tenait à s'assurer que le brave homme sache à qui il avait affaire et lui avait donc sciemment demandé de le raccompagner jusque chez lui.

— Merci, Benson, fit-il tandis que son majordome saisissait son chapeau.

— Lord Hargrave vous attend dans la bibliothèque, Votre Grâce. Voulez-vous que j'aille l'avertir de votre retour ?

— Non, c'est inutile, je l'y rejoins de suite, Benson. Faites-nous porter une légère collation, je meurs de faim, dit-il avant de traverser le couloir.

— Bien, milord.

Quelques minutes plus tard, Hargrave et John papotaient tranquillement autour d'un verre.

— Donc, si je comprends bien, vous espérez que cette Sofia Berresford vous conduise droit à Constance ?

Hargrave haussa un sourcil.

— Constance ?

John haussa les épaules.

— C'est ainsi qu'Alice se faisait appeler lorsque nous nous sommes rencontrés.

Hargrave but une gorgée puis demanda, concentré :

— Serait-il trop indiscret de vous demander dans quelles circonstances a eu lieu cette rencontre et ce qui vous a amené à la fréquenter ?

— Oh, à vrai dire, tout ça n'a rien d'extraordinaire. Je l'ai rencontrée sur un bateau tandis que je me rendais en Irlande. Nous avons bavardé et puis une chose en entraînant une autre...

Hargrave lui jeta un regard surpris.

— Vous voulez dire que vous l'avez séduite ?

— C'est une femme entreprenante et d'une grande beauté.

Et moi je n'étais qu'un sombre idiot terrifié par l'idée d'aimer à nouveau, ajouta-t-il intérieurement.

— Étrange, je croyais que la belle de Troie ne s'intéressait qu'aux diplomates ou aux ambassadeurs, autrement dit à des hommes susceptibles de servir ses intérêts ?

Langford sourit.

— C'est généralement le cas, en effet. Mais nous avons eu une liaison. Je ne sais par quel moyen lord Liverpool l'a appris mais…

— Mais il vous a contacté.

— En effet. Il m'a demandé de l'espionner pour le compte de Sa Majesté.

Hargrave fronça les sourcils. Utiliser un duc pour ce genre de mission n'était pas chose courante, mais ça ne l'étonnait guère de Liverpool. Ce vieux filou avait des méthodes peu orthodoxes et ne rechignait jamais à enfreindre les règles lorsqu'il le jugeait nécessaire.

— Si je comprends bien, elle vous a pris pour un traître ?

— Non. Au contraire, elle a tenu à voyager en ma compagnie et s'est imaginé durant de longs mois que j'étais amoureux d'elle et qu'elle me manipulait à sa guise. Être la maîtresse attitrée d'un lord anglais aussi riche et respecté était, je dois bien le reconnaître, une excellente couverture pour une espionne française.

Hargrave tressaillit, surpris.

— Vous voulez dire que vous l'avez roulée ? Que vous avez doublé la belle de Troie et espionné ses faits et gestes, et ses contacts tout ce temps sans qu'elle vous soupçonne ?

— Pourquoi l'aurait-elle fait ? Je suis le duc de Langford… Or, le duc de Langford a la réputation de ne s'intéresser qu'au jeu, aux femmes et à l'alcool.

Hargrave se mit à rire.

— Et évidemment ce n'est pas le cas ?

— Oh si.

Puis il ajouta avec un sourire :

— Aussi.

Hargrave rit de plus belle puis demanda :

— Comment a-t-elle découvert le pot aux roses ?

— Je lui ai dérobé un document d'une extrême importance, les Français ont cru qu'elle l'avait revendu ou qu'elle avait trahi, peu importe. Des hommes ont pénétré dans notre maison de Vienne et l'ont enlevée.

— Et vous ? Ils ne vous ont rien fait ?

— J'étais absent ce soir-là. Les domestiques m'ont raconté ce qu'il s'était passé, j'en ai déduit que ma mission était terminée, répondit-il avec indifférence.

Hargrave était estomaqué non seulement par la froideur et le sang-froid du duc, mais aussi par la manière dont il avait accepté de sacrifier aussi longtemps sa liberté. Il n'aurait jamais imaginé qu'un homme comme lui, un homme que tous pensaient léger et uniquement préoccupé de lui-même, puisse faire preuve d'autant d'abnégation.

— Mais malheureusement...

— Malheureusement, elle a compris ce qu'il s'était passé et n'a pas apprécié de se faire prendre à son propre jeu, termina John en se servant un deuxième verre.

— Eh bien, au moins voilà qui explique la raison pour laquelle elle vous en veut tellement, Votre Grâce.

— Je ne peux guère lui en tenir rigueur. J'ai fort bien joué mon rôle.

— Vous pensez qu'elle vous aimait ?

— J'ai la naïveté de le croire mais je peux me tromper. Vous savez, avec les femmes, on ne sait jamais, remarqua modestement Langford.

Hargrave prit un moment de réflexion. Si les événements s'étaient effectivement déroulés de cette façon entre le duc et la belle espionne, il n'était pas étonnant qu'elle veuille lui faire payer sa trahison et venger son honneur blessé.

— Si j'étais vous, je ne dormirais pas sans arme, Votre Grâce.

Langford esquissa un rictus.

— Rassurez-vous, je connais parfaitement les risques.

— Alors soyez assez gentil de ne plus sortir sans escorte, du moins jusqu'à ce qu'on lui mette la main dessus.

— Vous comptez vous servir de moi pour l'appâter, je présume ?

Hargrave sourit. C'était exactement ce que lui avait conseillé de faire Liverpool cet après-midi. Décidément ces deux-là étaient aussi lucides, manipulateurs et sans scrupule l'un que l'autre. Pas étonnant qu'ils se soient si bien entendus.

— En effet.

— La maison est surveillée ?

— Bien évidemment.

— Je dois donc sortir, passer mes journées au club et me divertir comme je l'ai toujours fait ?

— Oui, milord.

John poussa un soupir satisfait.

— Alors c'est parfait.

Chapitre 17

Rosalie avait passé le reste de l'après-midi à discuter et à boire du thé avec les invités de sa tante. Visiblement, tous étaient enchantés de la rencontrer et ne cessaient de la féliciter de son prochain mariage.

Lorsque lord Eaton, très élégant dans son nouveau costume, fit son apparition vers dix-sept heures dans le petit salon, les convives l'accaparèrent aussitôt et les deux fiancés n'eurent guère l'occasion de se parler.

— Ma chère, savez-vous que lady Bromsfeld fait courir sur votre compte de terribles rumeurs ? chuchota lady Nolley, une vieille amie de sa tante que Rosalie appréciait beaucoup.

— Vraiment ?

— Ma pauvre petite, si je me permets de vous les dire aujourd'hui, c'est afin de vous mettre en garde. Je vous aime bien et je ne prête d'habitude aucune attention à ce genre de choses mais les personnes concernées sont toujours averties les dernières dans un tel domaine et je me sens le devoir, ma chère enfant, de vous prévenir contre cette personne détestable et ses horribles ragots.

Rosalie continua à sourire mais sa poitrine était dévorée par l'anxiété tandis que lady Nolley répétait mot à mot et à voix basse les propos que tenait lady Bromsfeld dans tous les salons : « Je n'avais pas assisté à une telle scène depuis la dispute entre lady Laudry et son amant le marquis d'Everfield. Je ne sous-entends pas que... non, non... et puis, lady Rosalie est une jeune fille trop bien éduquée pour... C'est justement ce qui est si étonnant, voyez-vous, car, comme tout le monde sait, une débutante, même fiancée, se doit de parfaitement bien se comporter... Abandonner son cavalier, un duc qui plus est, en plein milieu de la piste de danse, a-t-on déjà vu ça ? »

— Je vois, répondit Rosalie en mettant un point d'honneur à conserver son calme.

— Je suis désolée pour vous, vraiment. Si ça peut vous consoler, personne n'y croit vraiment. Le duc de Langford est certes un débauché, mais il n'a pas la réputation de séduire les jeunes filles. De plus, on vous tient pour une personne éminemment respectable...

— Mais ?

Car il y avait un mais, Rosalie le sentait.

— Mais tous ne peuvent s'empêcher de se demander ce qu'il vous a pris et s'interrogent sur les liens qui existent entre vous.

Rosalie réprima un profond soupir. Ainsi donc, le plan de Langford pour détourner l'attention de lady Bromsfeld n'avait servi à rien. Eh bien, tant pis. *De toute manière, tout ça n'aura bientôt plus d'importance*, songea-t-elle en coulant un regard vers William un peu plus loin. Elle sentit son cœur se serrer. *Oh, Seigneur, comment vais-je lui apprendre la nouvelle ? C'est un garçon si gentil, si délicieux... Pitié, mon Dieu, aidez-moi, jamais je ne pourrais trouver le courage de lui parler.*

— Pour être honnête, je me pose exactement la même question, lady Nolley, rétorqua Rosalie en se resservant elle-même une tasse de thé.

— À quel sujet, ma chère ? demanda tout à coup William en s'approchant d'elle.

Ses yeux exprimaient tant de gentillesse et de bienveillance que Rosalie se sentit rougir de honte.

Elle haussa la voix légèrement, de manière à ce que tous puissent entendre.

— Je ne vous l'ai pas dit, William, mais je me suis fort mal comportée avec Sa Seigneurie le duc de Langford lors du bal de lady Fairsax. Pour tout dire, je l'ai abandonné sur la piste de danse.

— Vraiment ? Je ne puis y croire ! fit-il en riant, conscient que toute l'assemblée avait reporté son attention sur eux.

— Que voulez-vous ? J'étais fiévreuse et Sa Grâce flirtait outrageusement avec moi en m'écrasant les pieds, mentit-elle.

Il lui prit la main et la baisa légèrement.

— Je ne sais si Sa Grâce vous pardonnera, mais moi je le fais de tout cœur, ma chère, répondit-il avec un sourire appuyé qui montrait à tous qu'il avait eu, lui aussi, vent de ces rumeurs, mais qu'il s'en moquait éperdument.

Rosalie lui rendit son sourire avec tellement de tendresse et de reconnaissance qu'elle se demanda si sa tante avait raison de la pousser à épouser

Langford plutôt que cet adorable garçon. Elle avait une profonde affection pour le vicomte, elle se sentait en sécurité avec lui et ne craignait nullement qu'il la fasse souffrir.

— Vous allez faire un mari des plus merveilleux, répondit-elle avec une pointe de regret.

— Mais je l'espère bien, répliqua-t-il en lui adressant un clin d'œil.

Le regret serra le cœur de Rosalie. Prenait-elle la bonne décision en choisissant John ? Rien n'était moins sûr. Elle ne ressentait ni la paix ni la sérénité que l'on éprouve quand on sait qu'on fait le bon choix. Bien au contraire. Elle avait le terrible sentiment d'avoir heurté la morale et piétiné sans vergogne l'honneur d'un homme merveilleux et culpabilisait atrocement.

— Vous rendez-vous au bal de lord Amish ?

Le bal ? Ah oui, le bal. Rosalie n'en avait cure. Elle était malheureuse et angoissée à l'idée de devoir lui annoncer leur prochaine rupture et cherchait un moyen de trouver la force de lui parler. Si seulement elle avait pu remonter le temps, si seulement elle avait eu la force de résister à John et à ce qu'elle éprouvait pour ce vaurien…

— William, je voudrais que nous trouvions un instant pour discuter. Serait-il possible de vous attarder ici quelques minutes après le départ de nos invités ? demanda-t-elle à voix basse, le ventre noué.

William grimaça légèrement.

— Je suis navré mais je ne le puis. J'ai un rendez-vous d'affaires. Nous pourrons nous voir au bal demain soir, si vous le souhaitez.

Rosalie prit quelques instants de réflexion. Mon Dieu, pourquoi n'était-elle pas tombée amoureuse de lui ? Il était simple, prévisible et tellement plus fiable que ne l'était John...

— Très bien, répondit-elle en s'efforçant de sourire. Comme vous voudrez...

Chapitre 18

Alice Valère, la belle de Troie, foudroyait les sbires de Sofia Berresford du regard.

— Comment avez-vous pu vous montrer aussi maladroits ?

Le plus petit des deux, l'homme au visage déformé, haussa bêtement les épaules.

— Il a sauté sur le côté quand on a foncé sur lui avec les chevaux, on y peut rien... Je vous avais dit qu'on était meilleurs au couteau.

Alice leva les yeux au ciel puis se tourna vers Sofia d'un air agacé.

— C'est vraiment ce que tu as de mieux sous la main ?

La belle brune, qui était en train de se remaquiller devant une coiffeuse, tourna lentement la tête vers elle.

— Ils ont leur utilité. Tout dépend de la manière dont on compte les utiliser. Pour les tâches qui demandent de la subtilité, je préfère agir seule.

La belle de Troie esquissa un rictus. C'était en effet ce qu'elle avait de mieux à faire. Les deux acolytes de Sofia étaient des tueurs et le plus petit des deux, un sadique de la pire espèce, mais ils manquaient par trop de finesse. Or, tuer Sa Grâce, le duc de Langford, nécessitait un brin d'intelligence et de doigté. Et Alice ne manquait ni de l'une ni de l'autre.

— Était-il accompagné ? demanda Alice en reportant de nouveau son attention sur les deux hommes.

— Ben oui et non. En fait, il a sauté de sa voiture, pis il a attendu une fille en bas d'un immeuble.

Alice plissa les yeux.

— Une fille ?

— Ouais, m'dame. Comme on l'avait loupé, j'ai sauté dans la rue pis je l'ai suivi. Il m'a pas repéré. En tout cas, je peux vous dire une chose, la p'tite c'était quelque chose ! ajouta le grand avec un sourire vicieux.

Alice arqua un sourcil.

— C'est-à-dire ?

— Ben, elle était belle comme vous, quoi, sauf qu'elle était pas si bien habillée ! répondit le grand.

— Vous inquiétez pas, on l'a suivi quand il l'a raccompagnée. Et d'après ce que m'a dit le cocher, il s'est pas ennuyé durant le voyage, si vous voyez ce que j'veux dire !

Alice voyait parfaitement. Toutefois imaginer Langford s'adonnant à des activités intimes avec une jeune fille dans une voiture en plein milieu de Londres avait quelque chose d'extrêmement choquant même pour un homme comme lui.

— Qui est cette fille ?

— Ben, le cocher a dit que ça devait être une femme de chambre ou une domestique du nom de Rosalie… Elle habite chez une vieille femme un peu toquée, lady Carrington.

En entendant ce nom, Alice tressaillit. Rosalie ? C'était le prénom que prononçait Langford dans son sommeil les soirs où il rentrait complètement ivre. Ce sale menteur avait prétendu lorsqu'elle l'avait interrogé qu'il s'agissait de celui de sa première femme, celle qui était morte en couches... Et comme une idiote, elle l'avait cru.

Une lueur meurtrière s'alluma dans son regard.

— Je veux tout savoir sur cette Rosalie. Son nom, sa vie, sa famille... Bref, je veux un rapport complet.

Le petit esquissa un rictus.

— Vous voulez plus tuer le duc ?

— Si. Mais avant ça, je veux le faire souffrir et vous venez peut-être de me donner le moyen d'y parvenir, répondit-elle avec un sourire mauvais.

Assise dans un coin comme une étudiante qui observe avec intérêt la démonstration de son professeur, Sofia Berresford fronça les sourcils.

— Tu crois vraiment que ton duc s'intéresse à une vulgaire domestique ?

— Sofia, si j'avais été capable de deviner ce que Langford a ou non dans le cœur et dans la tête, je l'aurais tué depuis bien longtemps, répliqua Alice en lançant une bourse épaisse aux deux hommes avant qu'ils ne quittent la pièce.

Sofia fit une moue dégoûtée.

— Oui, mais quand même : une domestique ?

Les affaires dont devait s'occuper le comte Greenwald avaient pris moins de temps que prévu. Aussi avait-il répondu favorablement à l'invitation à dîner que lui avait fait parvenir lady Carrington quelques heures plus tôt. Il commençait toutefois à le regretter amèrement.

— Rompre vos fiançailles si peu de temps avant votre mariage ? Pour quelle raison ?

Rosalie devait dire quelque chose. N'importe quoi. Mais elle ne pouvait pas s'y résoudre avec le regard sévère de Malcolm fixé sur elle.

— Oh, je ne vous ai pas fait venir ici pour que vous terrorisiez cette enfant, lord Greenwald, s'exclama lady Carrington en tournant sa petite cuillère dans sa tasse de thé.

— Je ne cherche pas à l'intimider, je cherche juste à comprendre. Lord Eaton s'est-il mal comporté ? A-t-il eu une attitude déplacée ? demanda-t-il en fronçant les sourcils d'un air menaçant.

Rosalie secoua la tête.

— Non, non. Il ne s'agit pas de cela…

Mon Dieu, dès qu'elle écrivait, elle trouvait toujours quelque chose à dire, des mots pour exprimer sa pensée mais là, elle devait bien admettre qu'aucune parole sensée ne lui venait malheureusement à l'esprit.

— Je voudrais simplement éviter un… un…

— Un scandale ! Dites-le, ma chère ! soupira sa tante d'un air excédé. Et puis d'ailleurs, ce n'est pas le sujet. Il se trouve que Rosalie a eu une meilleure proposition.

Malcolm se gratta la gorge d'un air embarrassé. Une meilleure proposition ? Seigneur tout-puissant, pourquoi Morgana n'était-elle donc pas ici avec lui ? Ce genre d'histoires le mettait terriblement mal à l'aise.

— Vraiment ? Eh bien, j'avoue que je suis surpris. Je pensais que vous étiez très attachée au vicomte d'Edgfield et...

Il s'interrompit soudain et lança un regard soupçonneux à Rosalie.

— Un scandale ? Quel scandale ?

Rosalie déglutit. Son beau-frère était un homme adorable, mais il avait un caractère impossible et elle était particulièrement intimidée à l'idée d'affronter son courroux.

— Je... je ne vous l'ai jamais avoué mais j'ai aimé un homme il y a deux ans.

Malcolm cligna des yeux. Deux fois. Puis inspira profondément.

— Vous voulez dire... ?

— Elle veut dire qu'elle a été compromise, oui, confirma lady Carrington avec un grand sourire qui convainquit définitivement Malcolm qu'elle avait perdu l'esprit.

— Je vois. Morgana est au courant, je présume ? demanda-t-il en reportant son attention sur Rosalie.

Quand elle détourna les yeux, Malcolm se mit à arpenter la pièce d'un pas rageur en grommelant.

— Je savais bien que je ne pouvais pas lui faire confiance, cette femme n'en fait qu'à sa tête, elle est complètement irresponsable ! D'ailleurs, la prochaine fois que...

— Mon cher comte, je vous en prie, ce n'est ni le lieu ni le moment de vous comporter comme un idiot ! le reprit sèchement lady Carrington.

— Je ne me comporte pas comme un idiot mais comme un homme trahi par une femme d'une félonie sans nom, une cachottière de la pire espèce…

— Puisque vous énumérez si bien les défauts de ma nièce, n'oubliez pas d'ajouter son manque total de discernement dans le choix de son époux, ajouta Lady Carrington d'un ton sarcastique.

Malcolm ouvrit la bouche pour protester puis la referma aussitôt. Il aurait tout le loisir de se disputer avec sa tante plus tard. Pour l'instant, il avait un problème plus urgent à régler.

— Bien, alors quel est le nom de l'homme que je dois tuer ? demanda-t-il, mortellement sérieux.

Rosalie se mordit les lèvres et regretta de s'être laissé convaincre par sa tante de précipiter les choses. L'honnêteté pouvait parfois s'avérer dévastatrice. En particulier face à un homme aussi dangereux que le comte Greenwald.

— Personne. Je veux dire… Ce que ça peut être compliqué ! Il semble qu'il soit prêt à réparer, bafouilla Rosalie.

Malcolm croisa les bras.

— Après deux ans ?

— Il… il était en voyage.

— En voyage ? répéta-t-il avant de blêmir tout à coup.

Non… non, ce ne pouvait être John. Il avait bien remarqué l'intérêt que Rosalie lui avait porté lors du long séjour qu'il avait fait à Charbrey, mais ce n'était tout de même pas sa faute si toutes les jeunes filles de sa connaissance tombaient en pâmoison dès qu'elles l'apercevaient.

— Rassurez-moi : il ne s'agit pas de Langford ?

Rosalie acquiesça timidement.

— Ne le blâmez pas ! Ce n'est pas uniquement sa faute ! Je... je suis tombée amoureuse de lui et...

Une lueur de fureur absolue s'alluma dans les yeux de Malcolm.

— Je vais l'étriper !!!!

— C'est entendu mais il vous faudra attendre qu'il l'ait épousée. Rosalie est peut-être enceinte de ses œuvres à l'heure qu'il est, lança lady Carrington d'une voix posée.

— Quoi ? Au bout de deux ans ? Vous la prenez pour un éléphant ?

Lady Carrington haussa un sourcil.

— Ne soyez pas ridicule.

Rosalie baissa honteusement la tête.

— Nous nous sommes « réconciliés » il y a peu de temps, Malcolm.

Il tourna son regard perçant vers elle.

— Réconciliés ?

Elle rougit.

— Réconciliés.

Oh, bon sang, pourquoi moi ? Pourquoi est-ce qu'elle me fait ça à moi ? songea Malcolm.

— Laissez-moi vous dire que vos goûts en matière d'hommes sont déplorables.

— Je le crains, en effet.

— Et vous prétendez qu'il vous a demandé de l'épouser ?

— Oui, répondit Rosalie en relevant le menton.

— Était-il ivre ?

— Oh, Malcolm ! le réprimanda lady Carrington.

— Je suis très sérieux : était-il ivre ? demanda-t-il une deuxième fois en plongeant son regard dans celui de Rosalie.

Elle secoua la tête.

— Il était sincère.

Pour la première fois depuis le début de la discussion, Malcolm se sentit complètement déstabilisé. Langford avait pratiquement failli mourir de tristesse après la mort de sa femme et il avait fait la promesse solennelle de ne jamais se remarier. Que lui était-il arrivé ? Était-il réellement tombé amoureux de Rosalie au point d'en oublier toutes ses résolutions ? Ou essayait-il simplement de réparer le tort qu'il lui avait causé ?

— Et vous avez accepté de devenir sa femme...

Rosalie se mordit les lèvres.

— Pas encore.

— Comment ?

— Tante Agatha m'a dit que je n'avais pas d'autre choix, que j'étais compromise mais j'hésite encore...

Malcolm l'observa longuement. D'un certain côté, il n'avait pas le choix. Si Rosalie était enceinte... mais d'un autre côté, il ne pouvait tout de même pas la forcer à épouser un débauché comme Langford si elle ne ressentait rien pour lui...

— L'aimez-vous, Rosalie ?

Elle réfléchit quelques secondes.

— Je crois.

— Mais vous n'en êtes pas certaine ?

— Rosalie pense que Langford n'est pas amoureux d'elle et qu'il agit simplement en homme d'honneur, expliqua lady Carrington en levant les yeux au ciel.

— Mais vous n'êtes pas de cet avis ? lui demanda Malcolm.

— Non.

Il poussa un profond soupir.

— Très bien. Je vais aller lui parler.

Langford l'avait trahi et ça ne lui ressemblait pas. Ils étaient comme deux frères. Il avait donc fallu que quelque chose de très spécial se passe entre lui et Rosalie pour que John prenne le risque de perdre son amitié. Malcolm devait en avoir le cœur net.

Rosalie lui lança un regard inquiet.

— Malcolm, vous n'allez pas... ?

— Le frapper ? Oh que si ! Mais je lui laisserai l'usage de ses membres si c'est ce qui vous inquiète.

Rosalie grimaça mais voyait dans les yeux du comte Greenwald qu'il ne changerait pas d'avis. Du reste, Langford et lui avaient passé leur temps à se battre quand ils traînaient ensemble dans les bas-fonds et ils étaient pratiquement de force égale.

— Bien. J'imagine que vous savez ce que vous avez à faire. Et en ce qui concerne le jeune Eaton ? demanda lady Carrington.

Le visage de Malcolm s'assombrit.

— Je suppose qu'en tant que chef de famille, c'est à moi qu'il revient d'annoncer à ce pauvre garçon que...

— Non ! Non, je vais le faire moi-même, le coupa Rosalie. Je le lui dirai demain soir au bal de lord Amish.

— Désirez-vous que je vous accompagne ? proposa Malcolm.

Elle fit non de la tête puis l'embrassa doucement sur la joue.

— Vous êtes le meilleur tuteur du monde.

Il se mit à ricaner.

— C'est sans doute parce que je suis le seul à perpétuellement me faire rouler.

Chapitre 19

Morgana serrait dans sa main la lettre que tante Agatha lui avait fait parvenir par messager. L'homme qui avait chevauché toute la nuit était en train de se restaurer tandis que les domestiques préparaient ses bagages et le départ précipité de Morgana pour Londres.

— Quels bijoux souhaitez-vous prendre, milady ?

— La parure de diamant et... oh, et puis après tout, faites comme bon vous semble, Bridget, ça m'est parfaitement égal, répondit Morgana avant de se perdre de nouveau dans ses pensées.

Rosalie, Langford, le scandale qui risquait bientôt d'éclater... Mais pourquoi ne l'avait-elle pas accompagnée elle-même à Londres ? Si elle avait été là, rien de tout cela ne serait arrivé !

— La voiture est prête et les chevaux sont attelés, milady, déclara le majordome en pénétrant dans la pièce.

— Tu t'en vas ? Pourquoi est-ce que tu t'en vas ? demanda Mary en accourant vers elle, les joues rouges et le regard contrarié.

Morgana lui sourit.

— Rosalie a des ennuis. Je dois aller l'aider.

Une ombre traversa les yeux de la fillette.

— C'est grave ?

— Non, elle va bien, seulement elle a besoin de moi.

— D'accord. Mais tu ne vas pas t'absenter trop longtemps, hein ?

— Tu crains que je ne te manque ?

Elle redressa fièrement le menton.

— Non, mais tu as Connor maintenant et on est encore trop petites pour s'en occuper moi et Daphné.

Le fils du comte et de la comtesse Greenwald venait d'avoir deux ans. C'était un petit diablotin téméraire, au caractère aussi emporté que celui de son père. Mais toute la maison, des domestiques au palefrenier, était tombée sous son charme et l'adorait.

— Ne t'en fais pas pour ça. Mme Wilks se chargera de lui pendant mon voyage. J'ai toute confiance en elle, tu sais ?

— Eh ben, tu ne devrais pas, elle a un goût affreusement douteux pour la poésie, soupira Mary avec une petite moue.

Morgana se mit à rire en dépit de l'inquiétude qui la consumait.

— Vous serez sages en mon absence, promis ?

Mary hocha la tête.

— Je ne peux pas promettre pour Daphné mais en ce qui me concerne j'essaierai de faire de mon mieux.

Morgana soupira. Connaissant son imprévisible et intrépide petite Mary, c'était le mieux qu'elle pouvait espérer.

Elle alla donc embrasser son fils, délivra plusieurs consignes aux domestiques, étreignit ses sœurs, puis partit directement pour Londres.

— Tu es certain de ne pas vouloir m'accorder la main de Rosalie ? demanda Langford, le souffle coupé et le nez giclant du sang.

Le gymnase était plein et une trentaine de gentlemen observaient leur combat sur le ring de boxe depuis au moins une bonne vingtaine de minutes. La moitié faisait partie du club et attendait que Langford et Greenwald en aient fini l'un avec l'autre pour monter s'entraîner, l'autre moitié se contentait de commenter et de faire des paris.

Malcolm abandonna sa garde, puis délaça son gant pour masser son menton douloureux. Bon sang, il avait l'impression d'avoir été percuté par une enclume.

— Elle est déjà fiancée.

— Simple détail que je me fais fort de régler, fit Langford en essuyant avec le cuir le sang qui coulait de son nez.

— Je ne plaisante pas, John !

Langford leva les yeux au ciel.

— Elle ne sera pas heureuse avec ce gamin et tu le sais.

— Avec un vieillard comme toi non plus, remarqua Malcolm avant de se remettre en garde.

John grimaça. Il venait d'avoir trente-cinq ans et Rosalie en avait à peine vingt et un mais une telle différence d'âge était on ne peut plus normale dans un mariage.

— Je n'ai rien d'un vieillard.

— Tu es un débauché !

— Je ne voudrais pas te vexer, mon vieux, mais je te trouve mal placé pour me faire ce genre de remarque.

Quelques ricanements accueillirent cette réflexion surprenante. Tous savaient que Greenwald s'était comporté comme le pire des libertins durant toutes les années qui avaient précédé son mariage et qu'il était fort mal placé pour lui faire la leçon.

— J'ai changé. Je ne suis plus le même homme.

Langford cracha un peu de sang sur le ring.

— Pourtant tu cognes toujours aussi dur.

— Ou c'est toi qui te ramollis ! gronda Malcolm avant de lui balancer un uppercut.

— Touché ! admit Langford en reculant de quelques pas.

Malcolm était grand et massif mais John était rapide, précis et possédait une endurance presque surhumaine.

Les hommes autour d'eux connaissaient leur réputation et évitaient généralement d'affronter l'un ou l'autre des deux pugilistes. Mais ils se réjouissaient tous d'assister à un tel spectacle.

— Je vais la rendre heureuse, Malcolm, je te le promets.

— Pourquoi devrais-je te faire confiance après ce que tu lui as fait ?

John grimaça. Il aurait préféré que Malcolm n'aborde pas un sujet aussi intime devant tous ces gens afin de préserver la réputation de Rosalie, mais ce grand imbécile de barbare écossais avait l'air de s'en ficher éperdument.

— Parce que je sais maintenant à quel point je tiens à elle ! rugit John en enfonçant si violemment son poing dans l'estomac de Malcolm qu'il fallut une bonne vingtaine de secondes à ce dernier pour reprendre son souffle.

— Et il t'a fallu deux ans pour le comprendre ?

John soupira. Il était conscient qu'il allait à un moment ou à un autre devoir se justifier et tenter d'expliquer son comportement à Malcolm. Pourtant, il sentait que ça n'allait pas s'avérer aisé. Greenwald était un homme brillant, mais il avait tendance à jouer du poing dès qu'une discussion lui déplaisait et à assommer son interlocuteur avant qu'il ait fini de parler.

— Je suis un peu lent, tu me connais ! plaisanta Langford.

— Ça ne me fait pas rire, John, grommela Malcolm en lui balançant un direct du droit au menton qui le propulsa dans les cordes.

Bon sang, pourquoi fallait-il que le tuteur de Rosalie soit un géant écossais à moitié fou ? se demanda John, légèrement sonné.

— Malcolm ? Tu tiens vraiment à ce qu'on finisse tous les deux couverts de plaies et de bosses ? demanda John en lui balançant un coup d'une puissance telle qu'il le souleva d'une vingtaine de centimètres et entraîna une multitude de « oh ! » parmi l'assistance.

— Non, je tiens à ce que « tu » finisses couvert de plaies et de bosses, rétorqua Malcolm, plié en deux.

— Tu as mauvais esprit, mon vieux, soupira John.

— Pourquoi ? Parce que je suis décidé à t'infliger une punition des plus méritées ?

— Non, parce qu'il faut avoir l'âme bien noire pour s'attaquer ainsi à un membre de sa famille, ricana John.

— Tu ne fais pas partie de ma famille ! s'exclama Malcolm en lui balançant un nouveau coup de poing.

— C'est tout comme.

— Ça, c'est ce que nous verrons…

L'agacement grandissant de Malcolm arracha un sourire à John.

— Oh, mais c'est tout vu !

— Tu ne la mérites pas, remarqua Malcolm.

— Sur ce point, nous sommes d'accord, rétorqua John en esquivant un uppercut.

— Rosalie est brillante, elle est…

— … Je sais ce qu'elle est, Malcolm. Je la connais. Je sais qu'elle écrit à toute heure du jour ou de la nuit, qu'elle aime les philosophes grecs et les vieux livres écrits en latin, qu'elle est très attachée à ses sœurs, qu'elle souffre encore de la perte de ses parents et qu'elle se replie sur elle-même quand elle a de la peine. Je sais surtout qu'elle a terriblement besoin de se sentir en sécurité et d'être entourée. Je peux lui apporter cela. Je peux la protéger, Malcolm, et lui apporter la chaleur d'un foyer.

Malcolm l'observa un long moment puis dit en soupirant :

— Il va te falloir une dispense de mariage.

— Une dispense ? Mais pourquoi donc ?

— Pour te marier le 18.

John haussa les sourcils.

— Le 18 ?

— C'était le jour fixé pour célébrer le mariage de Rosalie et d'Edgfield. Comme tu peux l'imaginer, les fournisseurs sont déjà tous payés.

John s'esclaffa et lui tapa dans le dos.

— Tu n'es vraiment qu'un sale radin d'Écossais !

Chapitre 20

Rosalie descendit dans la salle de bal et s'arrêta au milieu des escaliers, cherchant William du regard. Elle l'aperçut au loin et lui fit signe de la main. Puis son regard croisa celui de John. Il la parcourut des yeux examinant sa robe pourpre, ses cheveux ramassés sur la tête par deux magnifiques peignes de diamant, et sa ligne parfaite avant de revenir sur son visage avec une expression de sincère admiration.

Rosalie parvint à rester impassible, mais son cœur battait à tout rompre tandis qu'elle rejoignait William et son entourage.

— Vous êtes divine, ce soir, ma chère, la complimenta-t-il avant de la présenter.

— Oui, Edgfield a beaucoup de chance, approuva le marquis de Longton, un homme d'une quarantaine d'années au ventre rebondi et au faciès jovial.

— Votre tante n'est pas avec vous ? demanda William.

— Nous avons croisé l'une de ses vieilles amies en arrivant. J'imagine qu'elles doivent être en train de discuter, répondit Rosalie.

— Dommage, moi qui espérais pouvoir vous inviter à danser, fit-il avec un petit sourire déçu.

— Oh, voyons, une fiancée a bien plus de liberté que n'en a une débutante, vicomte, remarqua avec bienveillance la baronne de Chester.

— Mon fils a raison, ce n'est pas convenable. En revanche, si elle dansait avec son futur beau-père, personne n'y trouverait rien à redire, suggéra le comte d'Edgfield en tendant son bras vers Rosalie qui n'eut d'autre choix que de l'accepter.

Puis il la conduisit vers la piste où de nombreux couples étaient déjà en train de tournoyer.

Langford, qui les avait suivis du regard, se débarrassa des importuns qui l'entouraient depuis son arrivée et leur emboîta le pas.

Quand lady Morgana Greenwald s'appliquait à régler un problème, elle ne renonçait pas plus qu'elle n'acceptait d'échouer. Malcolm sut immédiatement en la voyant surgir brusquement dans la bibliothèque de leur résidence londonienne quelles étaient les raisons de sa venue, et les ennuis qu'elle allait lui causer.

— Mais puisque je te dis que...

Les yeux verts en amande de Morgana lancèrent des éclairs. Comment Malcolm avait-il osé agir ainsi sans même prendre la peine de lui en parler ? Elle était ulcérée.

— Que t'est-il donc passé par la tête ? Tu es devenu fou ?

— Étrange... les gens m'ont posé exactement la même question lorsque je leur ai annoncé que je comptais t'épouser, répliqua-t-il avec une expression ironique en la dévisageant.

— Je suis sérieuse, Malcolm.

Ses lèvres s'ourlèrent doucement.

— Oh, mais moi aussi.

— Comment as-tu pu accorder la main de Rosalie à ce débauché notoire ?

Malcolm haussa les sourcils.

— Qu'aurais-je dû faire d'autre ?

— Me demander mon avis, voilà ce que tu aurais pu faire.

— Vraiment ? Et tu aurais répondu quoi ?

Morgana réfléchit.

— J'aurais répondu que c'était à ma sœur de décider.

Il lui jeta un regard railleur.

— Il me semble qu'elle s'est déjà exprimée sur le sujet.

Elle arqua un sourcil.

— Sous-entendrais-tu que Rosalie est une gourgandine ?

Malcolm coula vers elle un regard prudent. Morgana était extrêmement protectrice envers ses jeunes sœurs sur lesquelles elle veillait comme une louve depuis l'âge de seize ans. S'il faisait la moindre remarque défavorable sur la conduite de Rosalie, elle risquait de ne plus lui adresser la parole durant des mois et de le chasser du lit conjugal, ce à quoi il ne tenait nullement. Son épouse avait beau avoir un terrible caractère, il ne pouvait se passer d'elle.

— Non. Non... Mais nous ne pouvons ignorer ce qu'il s'est passé entre eux.

— Je ne vois pas du tout ce que tu veux dire, répliqua-t-elle avec une parfaite mauvaise foi.

— Je crois le contraire. D'ailleurs, puisque nous en sommes aux confidences, puis-je savoir ce qu'il t'a pris de me cacher tout ça ? demanda-t-il d'un ton de reproche.

Elle haussa les épaules.

— Je tenais à préserver la pudeur de sa sœur.

Il esquissa un sourire sarcastique.

— Il ne s'agit pas de pudeur mais de confiance ! Comment peux-tu…

Elle l'interrompit aussitôt.

— Oh, je t'en prie, ne change pas de sujet. Tu sais très bien que tu es responsable de tout ce qui est arrivé !

Malcolm écarquilla les yeux.

— Pardon ?

— Langford est ton ami, non ?

Greenwald s'étrangla presque face à tant de mauvaise foi.

— Morgana…

Elle battit des cils et demanda d'un air faussement innocent :

— Quoi ?

— Tu es impossible ! Tu sais très bien que je ne suis en rien responsable de cette situation !

— C'est faux ! Si tu avais pris garde à Rosalie et que tu lui avais servi de chaperon au lieu de passer tes nuits dehors à boire et à jouer, nous n'en serions pas là.

— Mais c'est elle qui a tenu à aller chez votre tante et…

— Oui. Parce qu'elle savait à quel point ce rôle te répugnait et qu'elle ne tenait pas à te gêner.

Malcolm fronça les sourcils. Tout ce que disait Morgana n'était pas entièrement dénué de sens mais...

— Morgana, en sachant ce que tu sais, tu crois vraiment que Rosalie aurait été heureuse avec Edgfield ?

Elle croisa les bras sur sa poitrine.

— Là n'est pas la question.

Il s'approcha d'elle en souriant.

— Tu ne penses pas ce que tu dis...

— Je... je t'avoue que toute cette histoire m'angoisse. Je n'ai aucune confiance en Langford. Il est charmant, certes, et incroyablement beau et séduisant mais...

Il plissa les yeux.

— Beau et séduisant ? Je vois. Si je comprends bien, tu as toi aussi succombé à son charme ? demanda-t-il, contrarié.

Elle leva les yeux au ciel, puis lui caressa doucement la joue.

— Ne dis donc pas de sottises ! Ce maudit duc est pire que toi...

Il la prit dans ses bras.

— Je crois que Langford est amoureux mais qu'il refuse de le reconnaître.

Elle poussa un soupir.

— Et tu trouves ça réconfortant ? Parce que si c'est le cas, c'est que tu as perdu l'esprit et que...

Les mots moururent brusquement dans sa gorge.

— Je peux savoir ce que tu es en train de faire ? demanda-t-elle d'une voix troublée tandis que les lèvres de son époux glissaient lentement sur son cou.

Il la fixa, ses yeux brillant de désir.

— Tu tiens vraiment à ce que je te l'explique en détail ?

— Oh non, déclara Morgana en tentant sans grande conviction de repousser son assaut. Je suis toujours très en colère contre toi et il est hors de question que tu t'en tires à si bon compte.

Il lui adressa un sourire à faire fondre un iceberg, puis la souleva du sol.

— Ça tombe bien, mon ange, je n'en avais aucunement l'intention…

— Votre Grâce ?

John, qui surveillait Rosalie depuis trois bonnes minutes du coin de l'œil, tourna doucement la tête.

— Vicomte, répondit-il en reconnaissant William.

Edgfield souriait et paraissait de charmante humeur, signe évident que Rosalie n'avait pas encore eu l'occasion ou le courage de lui parler.

— Elle est délicieuse, n'est-ce pas ? fit William en remarquant que le regard du duc s'attardait sur Rosalie.

— Oui, elle l'est.

— Elle fera une mariée magnifique et j'espère que nous aurons le plaisir de pouvoir vous compter parmi nos invités.

— Je doute, mon cher vicomte, que votre fiancée approuve cette idée. Me voir en ce moment même en votre compagnie lui déplaît au plus haut point, je vous le certifie, déclara-t-il en regardant Rosalie, qui dansait en le foudroyant des yeux.

— Pensez-vous ! Elle a une nature si douce, si docile, si raisonnable qu'elle ne peut éprouver de ressentiment pour qui que ce soit !

Langford se retint de ricaner. Rosalie n'était ni douce, ni raisonnable, ni docile. Elle était passionnée, insolente, brillante et totalement irrésistible.

— Si ça peut vous rassurer, vicomte, sachez que je suis l'unique responsable de cette brusque animosité.

William se mit à rire.

— Voilà qui a au moins le mérite d'être franc.

— Ah, mon cher, on m'a souvent reproché ma légèreté, ma frivolité, mon irrévérence, mon cabotinage, mais jamais au grand jamais mon manque de franchise.

William s'esclaffa de plus belle.

— Étrange, plus je vous entends parler, plus je regrette l'opinion défavorable que ma fiancée a de vous.

— Vous ne le devriez pas. Je suis un très mauvais sujet. Pour preuve, j'aime Rosalie et j'ai l'intention de l'épouser.

William cessa soudain de sourire.

— Pardon ?

— Je viens de vous dire que je suis amoureux de Rosalie et qu'elle va devenir la duchesse de Langford, déclara cette fois le duc d'un air sérieux.

William plissa les yeux.

— Je ne voudrais pas vous froisser mais étant donné les circonstances, je doute que…

— Oh, croyez-moi, les circonstances m'y autorisent parfaitement.

Le visage poupin du jeune vicomte blêmit brusquement. Le duc était-il vraiment en train de prétendre que Rosalie s'était montrée sensible à ses avances ? Pire, qu'elle les avait acceptées ?

— Insinueriez-vous que... ?

— Je n'insinue rien. J'affirme.

William le dévisagea longuement, puis, comprenant qu'il disait la vérité, serra les poings.

— Je vous envoie mes témoins dès demain matin.

Langford haussa nonchalamment les épaules.

— C'est votre droit. Mais si j'étais vous, je m'en abstiendrais.

Langford n'avait jamais perdu un duel. Eaton n'avait aucune chance contre lui et ils le savaient aussi bien l'un que l'autre.

William fronça les sourcils.

— Vous refusez de vous battre ?

— Non, mais si je vous tue, elle ne me le pardonnera jamais, expliqua-t-il avec une pointe de regret.

William esquissa un rictus.

— C'est donc qu'elle tient à moi.

Langford lui lança un regard méprisant.

— Elle tient aussi à son chien Jack. Mais elle n'envisage pas de l'épouser pour autant.

Les yeux de William se posèrent sur Rosalie, qui dansait sur la piste, et il demanda d'une voix blanche :

— Pourquoi ne m'a-t-elle rien dit si ce que vous affirmez est vrai ?

John haussa les épaules.

— Elle comptait le faire ce soir. Je l'ai devancée.

D'ailleurs, connaissant Rosalie comme il la connaissait, elle allait sûrement lui en vouloir de s'être ainsi immiscé dans sa relation avec son fiancé. Avec raison. John en était conscient, mais même en le sachant, il n'avait pas pu contrôler sa jalousie. Rosalie était sienne. Il refusait qu'un autre homme puisse la regarder ou parler d'elle comme si elle lui appartenait.

— Pourquoi ? Vous craigniez que je la fasse changer d'avis ?

— Mon cher vicomte, je crois que vous n'avez pas compris...

— Vous vous trompez, j'ai très bien compris mais ça m'est égal.

Langford lui jeta un regard étonné et s'apprêtait à répondre lorsque lady Carrington apparut soudain brusquement.

— Ah, Langford ! Enfin vous voilà ! Je vous cherchais, déclara-t-elle en s'accrochant à son bras.

— Je suis à votre disposition, ma chère lady Carrington, répondit poliment John tandis qu'elle l'entraînait sur la piste.

Quelques secondes plus tard, elle demanda tandis qu'ils tournoyaient :

— Qu'avez-vous donc raconté à ce garçon ? Il est blanc comme un linge !

Il pencha doucement la tête vers son oreille et chuchota :

— La vérité. Quoi d'autre ?

William avait eu le temps de réfléchir tandis qu'il observait Rosalie sur la piste. Tous les signes étaient là. La façon que Langford avait de la regarder, la manière familière dont elle s'exprimait parfois avec lui...

— William ? Vous allez bien ? demanda Rosalie en le rejoignant.

Il posa ses mains sur ses épaules et planta ses yeux dans les siens.

— Je vous aime.

Rosalie eut un haut-le-cœur.

— Co... comment ?

— Je vous aime et je veux savoir si vous m'aimez ou si vous l'aimez, lui.

— Je... je ne comprends pas.

— Langford m'a annoncé qu'il comptait vous épouser.

Elle rougit et baissa la tête.

— Je... J'ai commis une erreur et en effet, je me dois de...

— Ce n'est pas ce que je vous demande. Je me moque de ce que vous avez fait ou non. Tout ce qui m'importe, c'est ce que vous ressentez. M'aimez-vous ?

Elle lui jeta un regard surpris. Elle n'avait jamais imaginé une seule seconde, au vu de leur relation dépassionnée et sans véritable émotion, avoir avec William une telle conversation. Et elle ne savait pas du tout comment réagir.

Car quoi ? Il s'agissait d'un mariage de raison, presque un arrangement et William, s'il s'était toujours montré gentil et prévenant, ne l'avait jamais regardée avec une telle lueur dans les yeux.

— Je vous respecte et j'ai pour vous la plus grande affection, répondit-elle finalement.

— Mais vous n'êtes pas amoureuse de moi comme vous l'êtes de lui ?

— William, je ne sais pas ce que je ressens pour Langford. Il m'a tellement blessée que… et pour tout dire, je ne lui fais pas confiance.

— Alors épousez-moi.

— Pardon ?

— Épousez-moi. Je suis fou de vous et je sais que vous finirez par m'aimer.

Elle eut un petit rire incrédule.

— Vous ne me connaissez même pas !

— Que voulez-vous dire ?

Un sourire triste s'afficha sur son visage.

— Je ne suis pas celle que vous imaginez.

— Si ça a un rapport avec…

— Non, il s'agit d'autre chose.

Rosalie inspira profondément. L'heure de dire la vérité et de libérer sa conscience avait sonné. Elle lui devait bien ça.

— Je ne suis pas la jeune fille parfaite que tout le monde imagine. En réalité, je dois faire de terribles efforts pour bien me comporter. Je déteste les conversations de salon que je trouve presque toujours dénuées d'intérêt. Je ne joue jamais de piano pas plus que je ne brode, mais je passe des heures à lire des livres que la plupart des gens qualifieraient de provocateurs ou d'indécents. Je me gave de chocolat jusqu'à me rendre malade. Je déteste votre mère et votre grand-mère et je rêve souvent de les assommer à coups d'ombrelle. Je ris beaucoup et fort. Tout le temps. Et je suis écrivain.

— Écrivain ?

— J'écris sous le nom d'Edmund Charberey…

Une lueur de compréhension s'alluma dans les yeux de William et ils restèrent un instant sans rien dire jusqu'à ce qu'il se décide à rompre enfin le silence.

— Je suis un grand admirateur.

Elle lui rendit son sourire.

— Je comprends mieux à présent, ajouta-t-il.

— Quoi ?

— Pourquoi vous me plaisiez tellement.

— Comme vous pouvez le constater, je ne suis pas une jeune femme très convenable.

Il haussa les épaules.

— Vous savez, vous n'êtes ni la première ni la dernière à succomber au charme dévastateur du duc de Langford… Étiez-vous sincère quand vous affirmiez ne pas savoir ce que vous éprouvez pour lui ?

Elle haussa les épaules.

— Ça a vraiment de l'importance ?

— Ça en a pour moi.

Elle prit quelques secondes de réflexion.

— Je ne sais pas quoi dire. Parfois j'ai l'impression de le détester et d'autres fois, en le regardant, que mon cœur va exploser…

William sentit brutalement sa gorge se serrer.

— Ce genre de symptôme ressemble fort à de la passion, Rosalie.

Puis il ajouta d'une voix rauque chargée de déception et d'émotion :

— Et malheureusement, ça ne me laisse pas d'autre choix que de m'incliner.

Elle prit ses mains dans les siennes.

— Je ne sais pas quoi dire... je...

— Alors ne dites rien ou plutôt si, dites à Langford qu'il a beaucoup de chance...

Des larmes de reconnaissance montèrent aux yeux de Rosalie.

— Je ne mérite pas autant de gentillesse. Vous êtes un homme merveilleux, William. Sincèrement. Et je suis la seule à blâmer pour tout ce gâchis.

Non, elle n'est malheureusement pas la seule, songea amèrement William. Il y était pour beaucoup. Il avait voulu agir en gentleman, se comporter en parfait homme du monde parce que c'était ce qu'on attendait de lui. Durant tous ces longs mois, il n'avait rien fait pour la séduire en imaginant qu'il aurait le temps, une fois marié, de conquérir son cœur. Et maintenant, il était trop tard.

Il lui effleura doucement la joue, puis déposa un baiser sur son front en murmurant :

— Vous méritez tout, ma chérie.

Puis il s'éloigna d'un pas raide et traversa la salle de bal sans se retourner.

Rosalie, trop choquée pour réagir, suivit longtemps William du regard. Elle n'avait jamais soupçonné ni de près ni de loin les sentiments qu'éprouvait William à son égard et elle était furieuse que Langford se soit permis de la mettre ainsi au pied du mur. *Ce diable d'homme n'en fera-t-il donc jamais qu'à sa tête ?* se demanda-t-elle en traversant la terrasse pour descendre dans le jardin et se fondre dans les recoins obscurs à la recherche d'un peu d'intimité. Après avoir parcouru quelques mètres, elle se mit à frissonner. L'air était vif et elle regrettait de ne pas avoir pris sa cape avant de fuir l'atmosphère oppressante de la salle de bal.

— Tu devrais rentrer avant de tomber malade, mon cœur, fit soudain une voix derrière elle tandis qu'elle sentait un manteau s'abattre tout à coup sur ses épaules.

Serrant instinctivement le manteau, elle leva un regard furieux vers Langford.

— Comment as-tu osé ?

— De quoi parles-tu ?

— Je te parle de William ! Tu n'avais pas le droit de faire ça !

Il poussa un soupir.

— J'ai simplement voulu t'éviter la peine de...

— De quoi ? Comment as-tu pu lui dire que j'avais accepté de t'épouser alors que...

— Que tu allais refuser ? Soyons logiques, mon cœur, nous savons toi et moi que tu avais déjà pris ta décision.

Rosalie poussa un soupir. Il aurait au moins pu demander la permission de... non. Langford ne demandait jamais la permission de rien. Il agissait comme bon lui semblait.

— Tu n'es qu'un sale goujat arrogant !

Il la fixa. Son expression était tendue, son regard tendre, ses yeux si chaleureux et si pleins d'ardeur qu'elle sentit le battement de son cœur s'accélérer.

— Mais tu m'aimes...

— Un égoïste !

— Mais tu m'aimes...

— Un sombre idiot !

Il approcha son visage si près du sien qu'il effleura ses lèvres.

— Mais tu m'aimes.

Rosalie mourait d'envie de dire non, ne serait-ce que par fierté mais à quoi bon ? William avait raison. Elle était incapable de lui résister et ne le pourrait probablement jamais. Langford la possédait. Elle lui appartenait de la plus primaire, de la plus animale des façons.

Elle acquiesça en silence.

John lui caressa doucement la joue et elle s'appuya sur sa main. Ce simple geste provoqua chez le duc une bouffée d'émotion.

— Moi aussi, je suis totalement fou de toi, mon cœur, fit-il en lui enserrant la taille afin de l'attirer tendrement contre lui.

Elle tressaillit et plongea son regard dans le sien.

— Tu n'es pas obligé de mentir, tu sais ? J'ai décidé de t'épouser.

John la regarda d'un air incrédule.

— Rosalie, je ne mens pas. J'étais très sérieux quand je t'ai demandé d'être ma femme. Je n'ai jamais pris cet engagement à la légère. Je ne l'ai fait ni pour protéger ta réputation ni parce que j'éprouvais de la culpabilité. Je l'ai fait parce que je ne me vois pas vivre le reste de ma vie sans toi.

Mon Dieu, il a l'air tellement sincère que je pourrais presque le croire, songea-t-elle en se mordillant nerveusement les lèvres.

Elle se força à sourire.

— Et que fais-tu de tes maîtresses ? Comptes-tu m'installer à Herrington House et te rendre régulièrement à Londres pour...

Il fronça les sourcils.

— Je n'ai pas l'intention d'avoir de liaison, la coupa-t-il soudain.

— Tu dis ça maintenant mais dans un jour ? Un mois ? Je te connais, je sais que tu ne tiens pas en place.

Cette discussion était absurde. Rosalie en avait conscience. D'ailleurs, elle n'aurait même pas abordé le sujet s'il s'était agi de William. Mais elle était amoureuse de Langford et elle était terrifiée par l'idée de souffrir à nouveau. Il était bien entendu complètement irréaliste de sa part d'exiger de lui qu'il lui soit fidèle, aussi préférait-elle se préparer au pire dès maintenant.

— Rosalie, j'ai eu suffisamment d'aventures pour combler les désirs de toute une vie.

Elle eut un petit rire amer.

— Tu veux dire que tu comptes me rester fidèle ?

Il haussa les épaules.

— Pourquoi pas ?

Elle s'esclaffa.

— Écoute, faisons un marché : tu restes discret et tu passes la moitié de ton temps à la maison avec moi et les enfants et...

— Les enfants ?

Une sueur froide envahit John brusquement. La perte de son fils l'avait littéralement brisé. Imaginer qu'il puisse ressentir à nouveau cette douleur insupportable était...

John déglutit.

— Tu es certaine de vouloir des enfants ? Pour ma part, je…

Les mots s'étranglèrent dans sa gorge. Rosalie, émue par sa détresse, lui caressa la joue.

— John, regarde-moi, ordonna-t-elle en saisissant son menton pour le forcer à plonger son regard dans le sien. Fais-moi confiance. Je sais à quel point tu as souffert. Morgana m'a tout raconté, mais je te jure, je te promets que tout va bien se passer, qu'il ne nous arrivera rien. Ni à moi ni au bébé.

Il la fixa d'un air surpris.

— Comment peux-tu en être aussi sûre ?

— Je suis une Charbrey, répondit-elle comme si ça expliquait tout.

John la dévisagea longuement. Rosalie n'avait jamais montré la moindre aigreur en dépit du drame qui les avait frappées, elle et ses sœurs. Elle avait perdu son père, sa mère, son oncle bien-aimé, mais il n'y avait pas d'amertume en elle. Elle n'avait pas barricadé son cœur, elle ne s'était pas empêchée d'aimer par crainte de souffrir. Bien au contraire. L'amour qu'elle ressentait pour Morgana, Daphné et Mary guidait chacun de ses actes de la plus belle, de la plus désintéressée des façons. Il ne devait donc pas s'étonner qu'elle cherche à reproduire une fratrie aussi soudée et heureuse que celle des Charbrey. Et il ne pouvait pas la lui refuser. Pas s'il voulait la rendre heureuse.

— D'accord, j'imagine que nous pourrons en avoir deux ou trois, fit-il à contrecœur.

— Cinq. Je veux cinq filles.

Il lui jeta un regard étonné.

— Ma chérie, je ne voudrais pas te contrarier, mais il se trouve que je suis duc et que les ducs se doivent d'avoir des héritiers.

— Soit. Alors disons cinq filles et un garçon.

Il se retint de sourire. Quel imbécile il était ! Comment avait-il fait durant tout ce temps pour ne pas se rendre compte de ce qu'il éprouvait exactement pour Rosalie ? Oh, bien sûr, il la désirait ardemment et il avait des torts envers elle que son honneur exigeait de réparer, mais il n'avait jamais soupçonné ne fut-ce qu'une minute avant cet instant la force de ses sentiments. Bon Dieu, comment avait-il pu être aussi aveugle ? Pourtant tous les signes étaient là.

Il l'aimait. Il aimait sa façon un peu bizarre de mordiller sa plume quand elle écrivait, il aimait ses silences et la manière naturelle qu'elle avait de s'adresser à lui lorsqu'ils étaient seuls. Il aimait qu'elle soit si attachée aux siens, il aimait son humour et son esprit caustique...

— Ce qui fait six, six enfants si je ne m'abuse ?

— En effet. Mais ne t'inquiète pas, je ne te demanderai pas d'être toujours présent. Comme je te l'ai dit, tu seras libre de...

Il l'embrassa avant qu'elle ne puisse terminer sa phrase. Elle lutta un instant et se concentra pour que ce baiser ne produise aucun effet sur elle, mais ses pensées l'abandonnèrent au fur et à mesure que le désir submergeait son corps.

Il ne faut pas... je dois lui dire que... autrement notre couple ne résistera pas à... songea-t-elle.

— John, John, tu ne peux pas rester sérieux cinq minutes ? balbutia-t-elle entre deux soupirs. J'étais en train de te dire que…

Mettant fin à ses baisers, John prit son visage entre ses mains.

— … Mon cœur, je redeviendrai sérieux quand tu cesseras de raconter des sottises.

— Ce ne sont pas des sottises ! Tout le monde sait que les libertins sont incurables, alors je préfère savoir dès à présent à quoi m'attendre et…

John poussa un grognement agacé. C'était à croire qu'elle n'avait rien écouté de ses aveux. Que tous les mots qu'il prononçait étaient totalement inutiles.

— C'est aussi l'opinion que tu as de Malcolm ? Tu penses qu'il est infidèle ou qu'il le sera un jour ?

— Non.

— Alors pourquoi penses-tu que je ne suis pas capable de changer, moi aussi ?

Elle détourna les yeux tandis que sa vue se brouillait.

— Je ne sais pas…

Il inspira profondément puis, au prix d'un terrible effort, il la lâcha et recula d'un pas.

— Très bien. Pense ce que tu veux, mon cœur. J'ai toute la vie pour te prouver que tu te trompes à mon sujet. Maintenant, rentrons, répondit-il d'un ton autoritaire en la prenant par la main. Tu vas attraper froid.

Chapitre 21

Lord Hargrave esquissait un sourire satisfait. Ainsi, il avait vu juste. Alice Valère, la belle de Troie, avait bel et bien pris contact avec Sofia Berresford. Mieux, elle s'était réfugiée dans l'appartement de Saint-Gilles. Ses hommes la surveillaient. Il ne restait donc a priori qu'à la « cueillir ». Du moins, c'était ce qu'il projetait de faire avant de recevoir un ordre contradictoire de la part de lord Liverpool. Ce dernier souhaitait qu'il exerce certes une surveillance, mais il voulait aussi profiter de cette occasion pour découvrir quels étaient ses autres contacts en Angleterre et les faire arrêter. Démasquer l'un des plus gros réseaux ennemis était une chance qu'il ne pouvait pas ne pas saisir.

Hargrave le comprenait. Même s'il n'approuvait pas cette décision. La belle de Troie avait le don de disparaître et il craignait qu'ils ne finissent tous par lâcher la proie pour l'ombre.

— S'est-elle rendue quelque part ? demanda-t-il à l'un de ses hommes, qui faisait semblant de cuver son vin dans une ruelle située à l'arrière de la maison.

— Non, milord. Ni elle ni l'autre femme n'ont bougé. Par contre, leurs deux hommes de main sont partis tôt ce matin.

— Quelqu'un les a suivis ?

L'homme acquiesça.

— Cameron.

— Bien. J'espère qu'il ne les lâchera pas d'une semelle, répondit-il, soucieux.

Le duc de Langford était chez lui, Hargrave s'en était assuré. Il avait aussi posté deux hommes dans sa rue au cas où quelqu'un tenterait de s'en prendre à lui. Mais il n'avait pas l'esprit tranquille pour autant. Les deux hommes qui travaillaient pour Sofia Berresford étaient des tueurs et ils ne semblaient pas du genre à renoncer à une tâche grassement payée. Qu'elle soit dangereuse ou non.

Lady Carrington et Rosalie venaient de sortir de chez la couturière et s'apprêtaient à traverser la rue pour rejoindre la voiture où les attendait le cocher lorsqu'elles virent soudain deux hommes à cheval se ruer sur elles. Rosalie, l'esprit préoccupé par le billet que Morgana lui avait fait envoyer le matin même pour l'avertir de sa présence à Londres et de son désir pressant de la voir au plus vite, ne réalisa que trop tard que l'un d'entre eux s'arrêtait à sa hauteur, et ne prit conscience du danger que quand elle sentit ses bras l'attraper par la taille et la soulever du sol brusquement. Elle poussa un cri mais l'homme lui saisit la gorge, et dit d'une voix grave et effrayante en la forçant à soulever sa robe et à écarter les jambes pour l'installer contre lui sur la selle :

— Si tu bouges ou que tu débats, tu es morte.

Rosalie tourna la tête vers lui et frissonna de peur.

Des yeux de dément. L'homme qui l'avait kidnappée au vu et au su de tout le monde avait des yeux de dément et le visage le plus atroce et le plus terrifiant qu'il lui avait été donné de voir.

— T'as compris ? fit-il tandis qu'il reprenait sa course.

Mon Dieu ! Tenir à cheval dans cette tenue et contre cet être répugnant était un vrai calvaire, songea-t-elle en acquiesçant. Mais elle n'avait pas d'autre choix.

Le cheval galopait à grande vitesse, si bien qu'il effrayait les chevaux des attelages qu'ils croisaient sur leur route et manqua par deux fois écraser les passants.

Puis ils sortirent enfin de Londres et prirent une route longeant la Tamise jusqu'à une bicoque isolée.

Rosalie, bien que tremblante et terrifiée, examina les lieux tandis que le deuxième cavalier, un grand type costaud au visage patibulaire, descendait de cheval et avançait vers elle.

— Aide-la à descendre, ordonna l'homme dans le dos de Rosalie.

— Où... où m'emmenez-vous ? balbutia-t-elle tandis que le grand type attrapait son bras et l'empêchait de choir sur le sol.

Le grand costaud se mit à rire.

— Ça se voit pas, milady ? C'est not' château... i' vous plaît pas ?

Puis soulevant le menton de Rosalie, il se tourna vers son complice qui descendait de sa monture à son tour.

— Dis, elle est vraiment belle, tu crois qu'on pourra s'amuser un peu avec elle ?

— Non. Elle a dit qu'on lui fasse pas de mal. Elle veut l'avoir toute à elle.

Le grand homme poussa un grognement déçu.

— Mais si je l'abîme pas trop ?

— Humphrey, la dernière fois que t'as touché une fille, on l'a retrouvée dans la Tamise.

— C'était un accident, Billy. Cette fois je saurai me contrôler...

La gorge de Rosalie se serra. Elle baissa la tête et s'obligea à ravaler ses larmes. Si elle cédait à la peur, elle était perdue.

Le petit homme esquissa un sourire inquiétant.

— Pas question qu'on prenne le risque. Et puis qui sait ? Elle nous en fera peut-être cadeau quand elle en aura terminé avec elle ?

Rosalie sentit son sang se glacer dans ses veines. Ces deux hommes étaient de vrais sadiques. Il n'y avait pas besoin d'être devin pour imaginer les sévices que ces monstres lui feraient subir si elle tombait entre leurs mains. Non, sa seule chance était de convaincre celle qu'ils appelaient « elle » de la relâcher.

— Allez, viens, ma mignonne, fit le petit type au regard effrayant en la poussant dans le dos pour la faire entrer dans la petite maison abandonnée.

Lady Carrington était abasourdie. Sa nièce venait d'être enlevée sous ses yeux. On l'avait kidnappée en plein Londres et devant une bonne dizaine de témoins. Ces derniers s'étaient d'ailleurs précipités vers elle dès que les deux cavaliers eurent disparu. Aucun n'avait eu le temps malheureusement de réagir et s'en désolait.

— On a tout vu, milady ! Des bandits s'en prendre à une jeune et jolie jeune fille... Si c'est pas honteux... Ah, mais on va les retrouver, les retrouver et les pendre, moi je vous le dis. Il faut prévenir les autorités, leur dire ce qu'il se passe ici... c'est inadmissible de voir une chose pareille !

Lady Carrington déglutit, puis elle finit par se reprendre au bout de quelques secondes et se dirigea vers son cocher, qui était resté prostré, le regard rivé vers le bout de la rue et l'endroit où les ravisseurs avaient disparu.

— Bates, conduisez-moi immédiatement chez lord Greenwald.

Bon sang, mais où sont-ils ? songea Cameron Holder en hésitant entre deux directions.

Les deux hommes de main de Sofia Berresford venaient d'enlever une fille. Cameron les avait suivis un bon moment, puis soudain un gamin s'était jeté sous ses sabots, il était descendu de sa monture pour s'assurer qu'il n'était pas trop gravement blessé et avait malheureusement perdu les ravisseurs de vue.

Poussant un grand soupir, il choisit finalement de s'engager sur la plus petite des deux voies qui longeaient la Tamise.

Sofia Berresford, après avoir jeté un coup d'œil dans la ruelle, fit sortir la belle de Troie par la porte de derrière, où l'attendait un petit attelage discret.

— Tu es sûre de ce que tu fais ? Tu sais maintenant qui est cette Rosalie et...

— Et quoi ?

— Et je connais Malcolm Greenwald, il m'est arrivé à de multiples reprises de croiser sa route et je peux te garantir qu'il va te traquer comme une bête, Alice. Il en a les moyens et la cruauté...

En apprenant la véritable identité de Rosalie, la belle de Troie était entrée dans une colère noire, elle était désormais plus préoccupée par sa vengeance que jamais.

— Tu penses vraiment que cet Écossais va me faire peur ? Je ne crains pas ces pantins de salon ni leurs manœuvres.

Sofia Berresford fronça les sourcils.

— Ce n'est pas un aristocrate ordinaire, Alice. Celui-ci ne t'enverra personne. Il te tuera de ses propres mains et avec délectation.

— Oh, je t'en prie, tu sais parfaitement comment ça se passe. Il suffit que je sois d'accord pour échanger quelques informations et...

Sofia secoua la tête.

— Greenwald se moque de ce genre d'arrangement. S'il découvre la vérité, tu es morte. Pourquoi ne te contentes-tu pas de tuer Langford ? Après tout, c'est à lui que tu en veux, non ?

— Tu veux dire que ce serait moins dangereux de liquider un duc que de tuer cette petite dinde ?

Sofia planta ses yeux dans ceux d'Alice.

— Dans le cas présent, oui.

Alice s'esclaffa.

— Ô mon Dieu, tu crois vraiment ce que tu dis ?

Sofia détourna le regard.

— Tu ne connais pas Greenwald, je t'assure…

— Non, je ne connais pas le comte Greenwald mais je m'en fiche. Je tiens ma vengeance et crois-moi, ni toi ni personne ne pourra me contraindre à y renoncer, déclara-t-elle avant de faire signe au cocher d'avancer.

Malcolm avait le regard dur. Ses traits étaient déformés par la fureur.

— Vous avez vu leurs visages ?

Lady Carrington, qui avait retrouvé ses capacités et son esprit acéré, prit quelques secondes de réflexion.

— Oui et non. Tout est allé très vite.

— Tante Agatha, vous souvenez-vous d'une cicatrice ou d'un tatouage quelconque ? demanda Morgana d'un air concentré.

Elle secoua la tête.

— Celui qui a pris Rosalie sur son cheval avait un front très bombé, un visage difforme et d'une laideur atroce. Il avait des marques de maladie, vous voyez ?

La petite vérole, songea Malcolm. Une maladie répandue en particulier chez les clients des prostituées et les hommes vivant dans les bas-fonds de Londres.

Très bien, ce n'était pas grand-chose, mais la description qu'avait faite lady Carrington du cavalier devait pouvoir suffire sinon à retrouver cet homme du moins à découvrir son identité. Malcolm avait passé une grande partie de sa vie à traîner dans les bas-fonds, de nombreux malfrats lui devaient des services et toutes les mères maquerelles avaient un faible pour lui.

Il écrivit rapidement quelques mots et fit venir dans son bureau son secrétaire, Clark, un ancien escroc qui lui servait à l'occasion d'homme de main, et lui exposa rapidement la situation.

— L'homme que vous décrivez me rappelle quelqu'un que j'ai connu autrefois à L'Ange.

L'Ange était un bordel du quartier Saint-Gilles. Malcolm leva les sourcils d'un air intéressé.

— Tu te souviens de son nom ?

— Billy Travis. Un coupe-jarret. Pas le genre à kidnapper qui que ce soit mais plutôt à trancher des gorges. Il se trimballe toujours avec un grand type du nom de Humphrey.

— Tu sais où il habite ?

— Non, mais je sais où il traîne. Je vais me renseigner.

Malcolm fronça les sourcils.

— Clark ? Chaque minute compte...

— J'en suis conscient, milord. Je passerai voir certains de nos amis au passage. Mais ne vous inquiétez pas, s'il s'agit de Billy Travis, je vais vous le retrouver.

Si possible avant qu'il n'arrive malheur à Rosalie. Il aimait cette petite comme une sœur. Si quoi que ce soit lui arrivait, il en aurait le cœur brisé.

Malcolm acquiesça doucement.

— Passe prendre Barrow et Lindon, tu vas avoir besoin d'aide.

Clark haussa les sourcils.

— Barrow et Lindon, monsieur ?

Barrow et Lindon étaient les tenanciers de nombreuses maisons de jeux pouilleuses de Londres. Ils tenaient littéralement les bas-fonds entre leurs mains.

— Ils me doivent un service. Dis-leur que c'est le moment de régler leurs dettes.

Les yeux de Clark s'étrécirent.

— Si je comprends bien, vous ne comptez pas faire arrêter les responsables de l'enlèvement de lady Rosalie, milord ?

Malcolm se contenta de le regarder d'un air glacial et impassible sans répondre et Clark poussa un grand soupir.

Il connaissait suffisamment le comte pour savoir qu'il ne servait à rien de discuter. Si Sa Grâce voulait la mort de ces hommes, le diable en personne ne pouvait les sauver. Leur sort était d'ores et déjà scellé.

— Très bien, milord.

Chapitre 22

Rosalie s'était relevée brusquement de la chaise où l'avaient forcée à s'asseoir les deux hommes, et regardait attentivement la femme qui venait de faire irruption dans la pièce humide. Des cheveux noirs, des yeux couleur de nuit, un teint de porcelaine, des traits parfaitement sculptés, une silhouette pulpeuse et le port de tête d'une reine, elle était superbe.

— Bonjour, milady, je suis ravie de faire enfin votre connaissance, dit la femme brune en dévisageant longuement Rosalie.

— Bonjour. Je ne sais pas pour qui vous me prenez, mais je pense que vous avez fait erreur, madame, déclara Rosalie en soutenant son regard sombre.

Son interlocutrice lui sourit étrangement.

— J'en doute fort, lady Rosalie.

Celle-ci tressaillit. Ainsi, il ne s'agissait pas d'une méprise. Elle ne savait pas encore au vu des circonstances si elle devait le regretter ou s'en féliciter.

Elle fronça les sourcils.

— Qui êtes-vous ?

— Je m'appelle Alice Valère.

— Que voulez-vous ? Pourquoi m'avoir fait enlever par ces deux brutes ?

— Je compte me servir de vous comme monnaie d'échange, milady.

— Une monnaie d'échange contre quoi ? Quelles sont vos intentions ?

— Je cherche à attirer ici votre amant, le duc de Langford.

Rosalie lui jeta un regard surpris.

— Langford ?

Elle acquiesça.

— J'ai ouï-dire qu'il tient beaucoup à vous.

Durant l'heure qui avait précédé la visite de cette femme, Rosalie avait émis quelques théories sur les motifs de son enlèvement, et l'argent de sa famille était de loin la plus plausible. Évidemment, John était riche lui aussi, mais sa fortune était sans commune mesure avec celle du comte Greenwald.

— Vous comptez lui demander une rançon ?

Alice éclata de rire.

— Oh non, non, ma chère. Je n'ai que faire de la fortune de John. Du reste, j'ai suffisamment profité de son argent ces deux dernières années.

Rosalie blêmit. Cette femme... Ainsi il était avec cette femme sublime durant tout ce temps ? Oh, mon Dieu !

— Si je comprends bien, vous êtes sa maîtresse ?

— Je l'ai été, répondit-elle sobrement.

— Je suis navrée. J'ignorais que... Enfin, je n'avais aucune idée de votre existence, répondit-elle, la gorge nouée.

— J'imagine, oui. Langford est si secret...

Secret ? C'était un menteur, un monstre, un goujat, un scélérat, oui ! « Tu m'as manqué, je n'ai pensé qu'à toi... » Billevesées que tout cela ! *Il n'a jamais cessé de mentir,* songea amèrement Rosalie.

Elle poussa un soupir.

— Écoutez, si vous avez fait tout ça pour récupérer John, c'est inutile. Je n'ai plus l'intention de l'épouser.

La belle de Troie la regarda comme si elle avait accompli un miracle.

— Il vous a demandé votre main ?

— Oui, mais je me vois mal passer toute ma vie auprès d'un débauché et d'un menteur.

Alice s'esclaffa.

— Je ne vous en blâme pas mais je crains que ça ne change pas grand-chose...

— Que voulez-vous dire ?

— Vous venez de me confirmer ce que je soupçonnais déjà, à savoir que Langford est profondément épris de vous.

— Honnêtement, j'en doute fort.

— Eh bien, c'est ce que nous verrons... que préférez-vous que je vous prélève ?

— Pardon ?

— Un doigt ? Une oreille ? Il me faut une preuve que vous êtes à ma merci. Une preuve qui va le rendre fou de rage et lui briser le cœur.

Elle avait dit ça d'un ton complètement détaché. Et Rosalie, comprenant qu'elle ne plaisantait pas, commença à se demander si elle n'était pas folle à lier.

— Vous n'êtes pas sérieuse, j'espère ?

— Bien. Je choisirai donc à votre place, fit-elle en faisant signe aux deux hommes de s'approcher.

Rosalie se mit à paniquer.

— Attendez ! J'ai une bague... Je... je pense qu'elle pourrait fort bien faire l'affaire. Après tout, ni les doigts ni les oreilles ne sont des preuves de quoi que ce soit, par contre, un bijou est parfaitement reconnaissable.

Alice se mit à rire comme si elle venait de dire une bonne plaisanterie.

— Certes. Vous avez raison, j'aurais dû y penser... une mèche de vos cheveux, peut-être ?

Rosalie ne devait surtout pas crier. Elle devait rester calme et rassembler toute sa volonté pour maîtriser ses nerfs et la terreur qui lui parcourait l'échine.

— Oui, oui, il les reconnaîtra sûrement, fit-elle en ôtant ses épingles.

Une seconde plus tard, une cascade de cheveux châtain clair flottait sur ses épaules.

— Je me demande ce qu'il vous trouve. Vous êtes si... ordinaire, ricana Alice tandis que Billy saisissait une mèche des cheveux de Rosalie et la coupait avec une lame tranchante.

Hargrave et ses hommes avaient discrètement suivi la belle de Troie jusqu'à une petite maison isolée près de la Tamise. Cameron se tenait déjà sur place, caché dans un arbre à observer discrètement à travers les vitres. Il les rejoignit.

— Alors ?

— Travis et son acolyte ont enlevé une fille probablement sur ordre de la Française.

— De qui s'agit-il ?

— Aucune idée. Qu'est-ce qu'on fait ?

— On attend. Le Premier ministre tient à démanteler l'intégralité de son réseau à Londres.

— Mais ils risquent de la tuer ou de la violenter !

Hargrave plissa les yeux.

— Discuteriez-vous les ordres, Cameron ?

Ce dernier serra les poings de frustration. Cameron était un patriote. Il était prêt à donner sa vie pour son roi ou sa patrie. Mais s'il comprenait parfaitement d'un point de vue intellectuel la position d'Hargrave, son instinct masculin le poussait, lui, à aller sauver cette fille.

— Non, milord, mais je désapprouve votre décision. Cette jeune femme est innocente, elle n'a pas...

Hargrave le fixa, les yeux scintillants de fureur.

— Un mot de plus et vous signez votre arrêt de mort.

Son chef ne plaisantait pas. Cameron en avait parfaitement conscience. Se sacrifier à cet instant précis n'avait aucun sens et ne sauverait pas la vie de la jeune femme.

Il décida donc sagement de se taire et de détourner les yeux.

Il avait fallu moins d'une heure à Clark pour obtenir les renseignements demandés par le comte Greenwald. Les deux hommes et certains des membres de la pègre de Londres se trouvaient à présent au domicile de Sofia Berresford.

— Je suis navrée, mais je vous jure que...

— Nous savons que ces deux hommes travaillent pour vous, madame Berresford. Dites-moi où ils ont emmené lady Rosalie, gronda Malcolm avec une expression menaçante.

— Je vous ai dit que je ne comprends pas de quoi vous parlez !

Malcolm traversa en trois pas la distance qui le séparait d'elle.

— Je crois que vous n'avez pas compris à qui vous avez affaire, madame. Je suis un gentleman, je ne m'abaisserais jamais à malmener ou à torturer une femme, mais ce n'est pas le cas de l'homme qui m'accompagne.

Il se tourna vers un gros homme aux petits yeux cruels. Celui-ci hocha la tête, sortit un long poignard de l'étui qu'il portait à la ceinture et avança vers Sofia Berresford avec un rictus inquiétant.

Elle se mit à hurler :

— Vous ne savez pas qui je suis ! Les domestiques pourront témoigner et si le vicomte Albright s'aperçoit que vous m'avez malmenée, il va...

— Albright ne fera rien du tout, votre amant tient bien trop à la vie pour risquer de la perdre à cause d'une catin, madame, répliqua le comte Greenwald avec tellement d'assurance que toute lueur d'espoir quitta définitivement le regard de Sofia.

Bon sang, des années à jouer les espionnes sans rencontrer le moindre problème et voilà ce qui arrivait ! Elle avait pourtant prévenu Alice, mais non, cette idiote s'était entêtée...

— Je n'ai rien fait à lady Rosalie, je ne suis pas responsable ! cria-t-elle tandis que Lindon entaillait doucement le haut de son visage. C'est Alice ! Alice qui l'a fait enlever !

— Qui est Alice ?

— La… la maîtresse du duc de Langford !

Malcolm fronça les sourcils. Langford ?

Il planta son regard glacial dans celui de Sofia Berresford.

— Où est-elle ? Que veut-elle à Rosalie ?

— Elle… elle veut la tuer pour faire souffrir le duc, avoua Sofia en tremblant tandis que Lindon passait son couteau sur sa gorge et éraflait doucement sa peau.

Malcolm ferma les yeux. La jalousie… Non, non, il ne pouvait s'agir d'une simple affaire de jalousie. Les femmes trahies piquaient des crises, pleuraient, vous lançaient des objets à la tête et répandaient de terribles rumeurs sur votre compte. Elles ne faisaient pas enlever et tuer leurs rivales.

— Pourquoi ? Que s'est-il passé entre eux ?

— Je ne sais pas… je vous le jure !

Malcolm esquissa un rictus.

— Très bien. Lindon…

— Attendez ! Attendez ! Alice travaille pour les Français… Elle croyait que le duc ignorait tout de ses activités, elle pensait qu'il l'aimait alors qu'en fait il travaillait en secret pour lord Liverpool.

Pour ce pisse-froid sans âme de Liverpool ? Comment cet idiot de John a-t-il pu se fourrer dans une telle situation ? songea Malcolm en secouant la tête.

— Une espionne française ?

Sofia Berresford acquiesça.

— Oui.

— Où a-t-elle emmené Rosalie ?

Elle inspira profondément.

— Une maison abandonnée, à la sortie de la ville, près de la Tamise en direction de Southwark.

— J'espère pour vous que vous n'avez pas menti…

Puis il reporta son attention sur le gros homme au couteau.

— Lindon, tu restes là pour tenir compagnie à Mme Berresford.

Le gros homme acquiesça.

— Oui, milord.

Voyant qu'il s'apprêtait à partir, Sofia Berresford se mit à hurler :

— Attendez, vous n'allez pas me laisser seule avec cet homme ! ?

Lord Greenwald se retourna et la toisa d'un air dédaigneux.

— J'espère pour vous que nous retrouverons lady Rosalie vivante, madame Berresford. Je l'espère réellement…

Sofia grimaça d'appréhension. Décidément le comte ne valait pas mieux que les brutes qu'elle avait connues dans la taverne sordide où elle avait grandi. Il était plus poli, voilà tout.

Chapitre 23

Langford reçut le billet alors qu'il s'apprêtait à se rendre à son club et en fut si ébranlé qu'il ne parvint pas à avoir une seule pensée cohérente durant plusieurs minutes. Rosalie, enlevée ? Et par Alice ? Il refusait d'y croire et pourtant le bijou et la mèche de cheveux qu'il tenait dans ses mains ne laissaient aucun doute.

— Benson ?

— Oui, monsieur ?

— Qui a porté ce billet ?

— Un jeune garçon, monsieur.

Une colère acide se répandit dans ses veines et lui brûla la gorge.

— Où est lord Hargrave ?

— Je l'ignore, milord.

John serra les poings. Rosalie représentait tout à ses yeux, il tenait à elle plus qu'à sa propre vie. La pensée qu'elle puisse être aux mains de cette horrible Française le rendait à la fois fou de terreur et de rage. Alice était le diable incarné. Dieu seul sait ce que sa haine et son esprit torturé allaient bien pouvoir inventer pour le faire souffrir, mais il s'en moquait. Tout ce qu'il désirait, c'était retrouver

Rosalie et s'il fallait pour ça se livrer pieds et poings liés à l'ennemi, il le ferait sans la moindre hésitation.

— Faites venir la voiture, Benson.

Greenwald fulminait tandis qu'il galopait à un train d'enfer, suivi de près par un attelage rempli de malfrats au physique aussi effrayant que douteux.

— Je crois que la maison est en bas de cette route, milord, regardez ! On la voit d'ici ! cria Clark, qui chevauchait à ses côtés.

— Que suggères-tu ?

— Je suggère de faire preuve de discrétion, milord.

Malcolm prit un instant de réflexion et fit ralentir son cheval progressivement. Oui, oui, Clark avait raison, il devait calmer son impatience et raisonner calmement. Le plus important était de sauver Rosalie et, pour ça, il devait conserver l'effet de surprise.

— Très bien, fit-il en tirant sur ses rênes tandis que la voiture transportant ses hommes s'arrêtait à leur hauteur. Descendez tous ! On va terminer à pied.

Un petit homme mince à la dentition noire et abîmée descendit de l'attelage et cracha par terre avant de lever les yeux vers Malcolm.

— Je m'appelle Bernie la fouine, milord. Y a pas plus discret qu'moi pour épier les gens, j'peux m'faufiler partout sans qu'personne m'voie jamais. Si j'puis m'permet', j'pourrais p'têt y aller comme qui dirait en éclaireur... histoire de vérifier que vot' dame est bien là...

Malcolm haussa les sourcils.

— Bernie la fouine, hein ? Tu es un monte-en-l'air ?

Il s'inclina un peu ridiculement.

— Un des meilleurs de Londres ! Pour vous servir, Vot' Seigneurie !

Malcolm prit une ou deux secondes de réflexion et accepta.

— Très bien. Tu vois le grand chêne là-bas, Bernie ?

Il acquiesça.

— On t'y attendra. Fais vite !

Bernie se mit aussitôt à courir avec la souplesse et la grâce d'un chat vers les hautes herbes, et se fondit peu à peu dans le paysage.

Malcolm le suivit un instant du regard, puis il prit les rênes de son cheval et se dirigea en silence avec les autres hommes vers le grand chêne.

Rosalie avait l'impression de vivre un vrai cauchemar. Alice Valère ne la quittait pas du regard. Pas plus d'ailleurs que les deux hommes qui l'avaient enlevée. Ils l'avaient ligotée et bâillonnée.

— Et si on la déshabillait et qu'on s'amusait un peu avec elle, croyez pas que ce serait plus théâtral comme entrée en matière, madame ? demanda le dénommé Billy.

Alice Valère esquissa un rictus.

— La fiancée de Langford se faisant lutiner par deux hommes comme une vulgaire putain… Oui, oui, je crois que ça me plairait…

Rosalie frissonna de dégoût.

— Alors on peut y aller ? demanda Humphrey en fixant Rosalie d'un air concupiscent.

Billy sortit une lame fine.

— On va commencer par la déshabiller, il faut qu'elle soit entièrement nue.

— Ouais, pis on lui enlève le bâillon pour qu'elle puisse crier. J'aime bien quand elles crient, ajouta Humphrey avec un sourire horrible.

Rosalie sentit la terreur l'envahir. Elle tira instinctivement sur ses liens tandis qu'ils l'approchaient et sentit son cœur prêt à éclater. Non, non, elle ne devait surtout pas s'évanouir.

— Allez, ma jolie, tu vas découvrir que la douleur peut aussi être une source de plaisir, déclara Billy en enfonçant la lame dans sa robe et en découpant lentement le tissu.

Comme ils n'avaient pas attaché ses pieds, Rosalie leva brutalement sa jambe et le frappa dans ses parties intimes avec la force du désespoir.

— Oh, la garce ! hurla ce dernier en se pliant de douleur tandis que Humphrey la giflait brutalement.

— Attendez ! ordonna soudain Alice en entendant des bruits de sabots à l'extérieur de la maison.

Elle se leva, les yeux luisant d'excitation.

— Il est là… il est venu…

Humphrey se renfrogna comme un gamin soudainement privé de sucette.

— Mais on a pas commencé…

Alice le fusilla du regard.

— Tais-toi, imbécile !

Hargrave, du fond de sa cachette, reconnut Langford tandis qu'il marchait vers la maison. Bon sang, mais qu'est-ce que ça signifiait ? Pourquoi cet idiot se jetait-il sciemment dans la gueule du loup ? Avait-il perdu l'esprit ? N'avait-il donc aucune conscience du risque ?

Pris d'une intuition soudaine, Hargrave se tourna vers Cameron.

— Comment était cette fille ? Celle qu'ils ont enlevée ?

— C'était une jeune lady, milord. Des cheveux châtains, un visage d'ange... je crois qu'elle était accompagnée de cette lady un peu folle... lady Carrington, oui, c'est ça.

Hargrave pâlit. Rosalie Charbrey... oui, ça ne pouvait être qu'elle.

— Monsieur ! Regardez ! fit soudain un autre de ses hommes en lui indiquant la silhouette qui se glissait sur le toit.

Hargrave fronça les sourcils. Décidément, cet endroit était bien trop fréquenté...

— Monsieur, j'ai repéré plusieurs hommes du côté du grand chêne que vous voyez là-bas, fit un homme en rampant à ses côtés.

— Des hommes ? Quel genre d'hommes ?

— Une bande de malfrats, milord. Mais...

— Mais quoi ?

— Le comte Greenwald est à leur tête.

Hargrave ferma les yeux. Cette fois, il n'était plus question d'attendre et tant pis pour les ordres. Greenwald n'était pas le genre d'homme à répugner devant un meurtre ou à accepter de suivre les ordres, fût-ce ceux d'un ministre. Si la belle de Troie avait blessé ou tué Rosalie Charbrey, il ne la laisserait pas s'en sortir vivante. Ni elle ni ses complices.

— En ce cas, il nous faut intervenir.

Cameron lui jeta un regard étonné.

— Mais je croyais que...

— La jeune fille qu'Alice Valère a enlevée est Rosalie Charbrey, la belle-sœur de Greenwald. Vous comprenez ce que ça signifie ?

Cameron ; secrètement satisfait de la tournure des événements, hocha doucement la tête.

— Il est ici pour récupérer lady Rosalie et tuer la belle de Troie.

Hargrave acquiesça.

— Et pas forcément dans cet ordre.

Bernie la fouine, perché sur le toit de la maison, se laissa glisser sur la corniche et la longea jusqu'à une lucarne. La fenêtre était fermée par un simple loquet. Tirant un couteau de sa poche, il glissa la lame entre le cadre de la vitre et le chambranle afin d'atteindre le loquet qui céda aussitôt.

John entra dans la pièce plongée dans une semi-obscurité. Puis ses yeux s'habituèrent lentement à la pénombre et il put très vite distinguer la silhouette d'Alice, celle de ses sbires, puis finalement celle de Rosalie, attachée sur une chaise et bâillonnée.

— Je vois que tu as reçu mon invitation, déclara Alice en le menaçant d'un pistolet.

John esquissa un rictus.

— De toute évidence. Je ne pourrais pas dire que je suis heureux de te revoir, Alice.

Elle eut un petit rire méprisant, puis se tourna vers Billy.

— Sors et vérifie qu'il est bien venu seul.

John haussa un sourcil.

— Tu ne me fais pas confiance ?

— Absolument pas.

— Très bien, maintenant que je suis ici, relâche-la.

Alice haussa les sourcils.

— Pourquoi le ferais-je ?

— Elle ne t'a rien fait. Je suis le seul responsable et tu le sais.

— Ne me dis pas que tu te fais du souci pour cette petite idiote ? Nous savons toi et moi que tu es incapable d'aimer.

Rosalie avait beau détester Alice, elle était de son avis. Comment expliquer autrement qu'il ait pu s'enticher de cette femme pendant deux ans pour finir, elle aussi, par la quitter ? Ou qu'il n'ait jamais cessé comme à elle, de lui mentir ? Alors, oui, bien sûr, Rosalie était consciente des risques qu'il était en train de prendre pour la sauver, mais John avait le sens de l'honneur, et il n'était pas lâche. Il n'aurait jamais abandonné une femme en danger, qu'il l'aime ou non.

— C'est faux, rétorqua John en se tournant instinctivement vers Rosalie.

Alice s'esclaffa.

— Ah, ma chère, j'espère que vous n'êtes pas assez stupide pour tomber dans ce genre de piège et croire ses boniments.

Puis elle s'approcha doucement de Rosalie.

— Nous avons connu des moments délicieux, tous les deux. Il était insatiable… nous avons fait l'amour des centaines de fois. Je connais chaque partie de son merveilleux corps, et lui sait parfaitement me combler de plaisir.

Une ombre passa dans les yeux de Rosalie.

— Ça suffit, Alice ! gronda Langford.

— Et pourtant, il m'a trahie, poursuivit-elle d'une voix pleine d'amertume.

— J'obéissais à mon devoir, rétorqua John sèchement.

— Oui, et tu te moquais bien de ce qu'il pouvait m'arriver.

— Tu es une espionne française, et moi un agent au service de l'Angleterre. Et nous sommes en guerre. Pourquoi aurais-je dû faire preuve de compassion ? répliqua-t-il d'un ton dur.

Rosalie était abasourdie, et rien de ce que disaient Alice ou John n'avait de sens à ses yeux. Quoi ? John et cette femme étaient des espions ? Sérieusement ? Comment était-ce possible ? Les espions étaient des gens discrets, errant dans les salons, payant des domestiques ou des diplomates pour obtenir des renseignements, des gens du commun, pas des ducs ou des courtisanes... Bon, évidemment, il y avait bien le chevalier d'Éon mais...

Alice haussa les épaules.

— Il y a toujours une guerre quelque part. Toujours des gens qui meurent, et pour quoi ? Pour satisfaire des intérêts bassement mercantiles, l'égo des monarques et la vanité des politiciens. Tu avoueras que ça n'a aucun sens.

Langford se raidit et déclara avec dédain :

— Ça en a pour moi.

Elle eut un rire de folle.

— Alors c'est que tu es stupide. Nous ne représentons rien aux yeux de ces gens. Tu sais ce qu'ils m'ont fait subir lorsqu'ils ont cru que j'avais fait disparaître les documents ? Ils m'ont torturée, John. Ils m'ont torturée pendant des heures et m'ont accusée de trahison ! Moi ! Moi, qui leur avais tout donné, tout sacrifié !

— Je suis navré, mais tu connaissais les risques.

Elle le regarda d'une manière étrange et pour la première fois, John réalisa qu'elle avait vraiment perdu l'esprit.

— Oui. Oui je connaissais les risques.

Il planta son regard glacial dans le sien.

— Alors pourquoi, Alice ?

— Parce que c'est plus facile... et que je te hais, répondit-elle avant de se tourner vers Humphrey.

— Égorge la fille, ordonna-t-elle en pointant son arme sur le cœur de Langford.

De sa vie, John n'avait jamais eu peur de rien, ni de la mort ni de la douleur. Mais pour la première fois de sa vie, il ressentait de la terreur.

Toute couleur déserta son visage.

— Alice ! Pas elle ! Moi, pas elle !

— Si tu bouges, je tire, répondit-elle avec un sourire mauvais juste avant que la porte d'entrée de la maison ne s'effondre tout à coup sur le sol.

John, profitant de cette diversion, bondit sur Alice, la saisit par la gorge et lui serra si fort le cou que les quatre hommes qui venaient de surgir brusquement dans la pièce purent, en dépit du brouhaha, entendre ses vertèbres craquer.

— Langford ! Non ! hurla Hargrave.

Mais John n'en avait cure, son attention était accaparée par Rosalie et par le grand homme qui gisait à ses pieds, un couteau enfoncé jusqu'à la garde entre les omoplates.

Un homme minuscule était accroupi près de lui et fixait le cadavre avec un regard mauvais.

— Sa Seigneurie va au moins me payer mille livres pour un coup pareil ! lança Bernie la fouine, puis il leva les yeux vers Rosalie.

— Vous lui direz, pas vrai ?

John, encore sous le coup de la montée d'adrénaline, se redressa et se rua vers Rosalie.

— Ma chérie, ma chérie, tout va bien ? demanda-t-il en arrachant le couteau planté dans le corps d'Humphrey pour détacher ses liens.

— Tu devrais peut-être lui ôter son bâillon avant de lui poser ce genre de question, remarqua Malcolm en levant les yeux au ciel.

Le comte et ses malfrats examinaient la scène d'un air déçu. L'un d'entre eux portait le corps ensanglanté de Billy, l'accolyte d'Humphrey sur les épaules.

— Je présume qu'il est mort ? demanda Hargrave sans grande conviction.

Malcolm lui jeta un regard glacial et acquiesça.

— Vous présumez bien.

Puis il posa son regard sur Langford, qui retirait délicatement le morceau de tissu enfoncé dans la bouche de Rosalie.

— Dis donc, John, quand je te suggérais de te débarrasser de tes maîtresses, je ne pensais pas que tu le prendrais au sens « littéral » du terme, ricana Malcolm.

Langford, qui aidait Rosalie à se relever, le fusilla du regard.

— Tu trouves vraiment que c'est le moment de plaisanter ?

— Ben justement…

Il s'interrompit en voyant soudain Rosalie frapper le cadavre d'Humphrey d'un coup de pied rageur, puis éclater en sanglots.

— Ma… Malcolm…

— Je suis là, petite, je suis là, fit-il tandis qu'elle se jetait dans ses bras. C'est fini maintenant. Tout est terminé, tu es en sécurité, ajouta-t-il en la tutoyant comme si elle n'était qu'une enfant.

John sentit sa gorge se serrer. Oh, bon sang, il l'aimait. Il n'avait jamais cessé de l'aimer. Et maintenant qu'elle était là, si fragile devant lui, il ne demandait qu'une seule chose : trouver enfin le courage de tout lui avouer.

— Rosalie…

Les yeux embués de larmes, elle enfouit son visage contre le torse de Malcolm et secoua la tête.

— Non, non, je ne peux pas lui parler… Ramène-moi à la maison, s'il te plaît.

Greenwald lui sourit gentiment.

— Je te conduis à Morgana, elle est folle d'inquiétude, tu sais ? J'ai eu un mal fou à la convaincre de ne pas me suivre, fit-il en lui caressant gentiment les cheveux.

— Malcolm, attends, fit John tandis qu'il emmenait Rosalie.

Le comte le regarda et secoua silencieusement la tête en guise d'avertissement.

— Pas maintenant, John.

Chapitre 24

Le vicomte d'Edgfield dînait chez la vicomtesse de Landsburry lorsque la nouvelle de l'enlèvement de Rosalie s'était répandue.

Le lendemain matin, plusieurs articles racontant la mort des deux malfrats de basse extraction qui avaient enlevé la pauvre jeune fille, ainsi que son sauvetage miraculeux par le comte Greenwald et le duc de Langford parurent dans les journaux.

— Avez-vous lu ceci ? demanda lady Carrington en faisant irruption dans la pièce où Malcolm et Morgana prenaient leur petit déjeuner.

— Bonjour, tante Agatha, comment allez-vous ce matin ? demanda Morgana en étalant sa confiture.

— Très bien, merci. Tenez, lisez ! grommela-t-elle, excédée, en lui agitant un journal sous le nez.

Morgana reposa sa tartine et se servit une nouvelle tasse de thé.

— Qu'est-ce que c'est ?

Malcolm sourit d'un air espiègle.

— C'est un journal, ma chérie.

Morgana leva les yeux au ciel.

— Rappelez-moi, je vous prie, les raisons qui m'ont poussée à vous épouser.

Le sourire de Malcolm s'élargit.

— Tu n'avais pas le choix.

Elle poussa un soupir.

— Ah oui, je me disais aussi...

Lady Carrington s'agita sur sa chaise.

— L'heure n'est pas aux plaisanteries, Morgana ! Cet article prétend que le vicomte d'Edgfield a rompu ses fiançailles et sous-entend que Rosalie aurait subi... Bref, vous savez de quoi je veux parler, qui empêcherait un lord aussi respectable que lord Eaton de l'épouser.

— C'est ridicule, fit Morgana en levant les yeux au ciel. C'est Rosalie qui a rompu et vous savez parfaitement quelle en est la raison.

— Oui, oui, moi je le sais, vous le savez, mais les autres... Avec toutes ces insinuations, même Langford ne peut se permettre de l'épouser !

— John se moque prodigieusement de ce genre de scandale, lady Carrington. De plus, il est totalement responsable de ce qu'il s'est passé, déclara Malcolm, agacé.

Morgana eut un demi-sourire moqueur.

— De toute façon, Rosalie refuse toujours de lui parler.

Lady Carrington écarquilla les yeux.

— A-t-elle perdu l'esprit ? Si Langford souhaite ce mariage, il faut absolument que...

— Il ne « faut » rien du tout ! la coupa sèchement Malcolm. Rosalie est encore sous le choc, il n'est pas question qu'on la bouscule ou qu'on la force à prendre la moindre décision.

— Et sa réputation ? Avez-vous songé à sa réputation et à celle de notre famille ?

Malcolm haussa les épaules.

— Notre famille survivra.

Lady Carrington poussa un soupir.

— Eh bien, si c'est ainsi que vous voyez les choses, j'imagine que je n'ai plus qu'à m'incliner.

Elle ôta ses gants et ajouta :

— Puis-je vous demander de me faire servir un peu d'alcool dans ma tasse de thé ? Je crois que j'ai besoin de me revigorer un peu avant d'aller affronter ces horribles commères qui se prétendent mes amies.

— Oh, je peux même faire mieux et vous faire servir un verre de brandy, milady, répondit Malcolm, amusé.

— Excellente idée, et tant que vous y êtes, dites-leur d'amener la bouteille.

Rosalie ouvrit les yeux et, d'un air absent, contempla le plafond. Elle s'était réveillée plusieurs fois en sursaut durant la nuit. C'était ridicule, elle en avait bien conscience. Après tout, elle n'avait été ni blessée ni violentée et toute cette horrible aventure s'était, somme toute, plutôt bien terminée, mais elle ne pouvait s'empêcher de se sentir sottement angoissée. Les cadavres, la façon dont John avait tué Alice, la froideur de son regard, toutes ces images lui trottaient dans la tête…

— Ah, tu es enfin réveillée ? demanda Morgana en se dirigeant vers la fenêtre de la chambre.

Rosalie acquiesça en silence tandis que sa sœur ouvrait les rideaux.

— Veux-tu que je te fasse servir ton petit déjeuner au lit ?

— Au lit ? Je ne suis pas malade, Morgana.

Sa sœur s'assit sur le rebord de son lit et lui prit doucement la main.

— Tu m'as donné l'une des plus belles frayeurs de ma vie, tu sais ça ?

Rosalie esquissa un sourire.

— Je suis désolée.

— Tu n'as pas à t'excuser. Tu n'es pas coupable de quoi que ce soit. Je n'en dirais pas autant de Langford.

— Tu es en colère contre lui ?

— J'ai très envie de l'émasculer, est-ce que ça compte ?

Rosalie s'esclaffa.

— Oh, Morgana, il n'y a que toi pour dire des horreurs pareilles !

Morgana sourit à son tour.

— Comment te sens-tu ?

— Pas trop mal. J'ai encore du mal à croire que Malcolm puisse tuer des gens et se montrer aussi impitoyable alors qu'avec nous il est…

— Si différent ? termina Morgana.

— Oui.

— C'est parce qu'il nous aime. Il ferait n'importe quoi pour nous protéger.

Rosalie sourit de nouveau.

— C'est ce que j'ai cru comprendre.

— Ça te fait peur ?

Elle réfléchit quelques secondes, puis secoua la tête.

— Non.

— Mais le fait que John…

— John a étranglé sa maîtresse sous mes yeux. Je ne sais pas si je pourrais vivre avec ça.

— D'après ce que je sais, cette femme était un monstre, Rosalie.

— Peut-être mais il l'a serrée dans ses bras, il l'a aimée…

Morgana grimaça.

— J'en doute.

— Alors pourquoi m'a-t-il menti ?

— Ce n'est pas à moi de te répondre. Pourquoi ne pas lui poser toi-même la question ?

Rosalie se redressa brusquement.

— Non, non, je ne veux pas… je ne peux pas… je…

— Très bien. En ce cas, on partira dès demain matin pour Charbrey, fit Morgana d'un ton faussement indifférent.

Rosalie lui jeta un regard soupçonneux.

— Tu n'essaies pas de me persuader de…

— De quoi ? Après tout, ce n'est pas parce que Langford était prêt à sacrifier sa vie pour te sauver que…

— Il n'a pas… enfin, si, mais… Oh, Morgana, tu m'embrouilles l'esprit !

Morgana lui jeta un regard innocent.

— Vraiment ?

Rosalie la dévisagea longuement.

— Tu sais ce que tu es ?

— Une grande sœur formidable que tu chéris tendrement ? suggéra Morgana d'un ton naïf.

Rosalie ne put s'empêcher de sourire.

— Et une horrible manipulatrice.

Morgana la prit dans ses bras et la serra contre elle.

— Oui, je sais, mais que veux-tu ? Personne n'est parfait, ma chérie.

Chapitre 25

Langford entendait encore dans sa tête les paroles d'Alice : « Égorge-la. » Ces mots terribles le hantaient, tout comme le visage empli de dégoût et de terreur de Rosalie lorsqu'il s'était approché d'elle. Cette garce avait réussi à la détourner de lui, ce qui était déjà terrible en soi. Mais elle avait porté un coup fatal à la joie de vivre et à l'insouciance de Rosalie et ça, il ne pouvait le supporter. Son cœur était à l'agonie.

— Malcolm, laisse-moi lui parler, je t'en supplie.

Le comte Greenwald lui tendit un verre.

— Tiens, bois. Si ma femme te trouve ici, tu en auras besoin. Elle va probablement avoir très envie de te frapper et je ne suis pas sûr de pouvoir l'arrêter. C'est une vraie furie quand elle s'y met.

John grimaça. Morgana avait beau être d'une beauté foudroyante, son tempérament était des plus explosifs et le géant écossais était le seul homme de sa connaissance assez courageux ou assez fou pour avoir osé se frotter à l'aînée des sœurs Charbrey.

— Malcolm, s'il te plaît…

Greenwald soupira.

— Très bien, mais si Morgana rentre et qu'elle te tue, ne viens pas te plaindre !

— Je ne sais pas si tu l'as remarqué, mais les cadavres se plaignent rarement, Greenwald, dit John en se dirigeant vers la porte.

Malcolm grimaça.

— C'est bien ce qui les rend si plaisants...

En voyant entrer le duc de Langford dans sa chambre, Rosalie fut prise d'une quinte de toux comme si elle venait d'avaler de travers.

— John ? Que fais-tu ici ?

Son ton était glacial. Mais John était résolu à ne pas baisser les bras. Il l'aimait. Il s'était conduit comme un idiot, mais ses sentiments pour elle étaient on ne peut plus sincères et elle allait devoir l'écouter.

— J'ai une histoire à te raconter...

— Encore un de tes mensonges ? Tu n'en as pas assez ? Franchement, John, donne-moi une bonne raison de te croire, une seule bonne raison. Tu n'as pas cessé de mentir depuis que nous nous sommes rencontrés.

Il lui jeta un regard surpris.

— Alors c'est ça ? Tu n'es pas furieuse contre moi parce que tu as failli mourir par ma faute mais parce que tu penses que j'essaie de te tromper sur ce que je ressens pour toi ?

Elle lui lança un regard dédaigneux.

— Évidemment, qu'est-ce que tu crois ?

— Eh bien, j'ai pensé que tu étais traumatisée ou que...

— Non, ça n'a rien à voir avec ça. Même si j'éprouve effectivement, et aucune personne raisonnable ne pourrait m'en blâmer, une défiance particulière envers un homme capable d'étrangler sa maîtresse de sang-froid, je ne suis pas de ces femmes qui se laissent aisément impressionner.

Enfin, pas vraiment... Elle avait fait quelques cauchemars, mais depuis le début de la matinée et la visite de Morgana, elle avait tenté de comprendre ce qui la hantait et ce n'était pas la peur. Plutôt de la tristesse. De la tristesse et de la déception.

Il poussa un soupir.

— Tu te trompes... Je n'ai jamais voulu la tuer. Quand elle a ordonné à cet homme de t'égorger, j'ai perdu la tête... Je ne me contrôlais plus.

— Et c'est censé me rassurer ?

— Je ne suis pas un meurtrier, Rosalie.

— Non. Tu es un dévoyé, un manipulateur et un menteur.

Langford s'approcha du lit, tenta d'attraper sa main avant de refermer ses doigts sur son poignet.

— Ne me touche pas ! gronda Rosalie d'un ton sévère, mais il ne paraissait pas l'écouter.

Il percevait les battements affolés de son pouls et inspirait le parfum frais de lavande qui se dégageait de sa peau tout en l'étudiant avec attention.

— Rosalie...

— Je t'ai dit de ne pas me toucher ! hurla-t-elle en se dégageant comme s'il l'avait brûlée.

Langford inspira profondément. Il aurait préféré se faire rosser par toute une bande de marins dans une taverne plutôt que de devoir affronter la colère froide de Rosalie. Mais bon, puisqu'elle ne lui laissait pas le choix, il commença à lui narrer tout ce qu'il s'était passé dans sa vie depuis ces deux dernières années sans rien omettre ni de ses fautes, ni de ses bassesses, ni de ses mauvaises actions. Il se montrait pour la première fois tel qu'il était, sans rien altérer de la réalité ou des côtés sombres et troubles de sa personnalité.

Rosalie fronça les sourcils et détourna la tête. Elle ne pouvait s'empêcher de s'intéresser au récit de Langford. Sa voix basse et profonde était comme une musique qui la fascinait littéralement. Alors tout ça était bien réel ? Il avait joué les espions, séduit une femme, qu'il avait manipulée puis abandonnée sans éprouver le moindre remords. Pire : il avait corrompu, tué, négocié, il avait troussé des dizaines d'autres femmes et s'était conduit comme un scélérat en de multiples occasions.

— Je sais que je ne suis pas digne de toi. Que le vicomte d'Edgfield est à de nombreux égards bien plus respectable et qu'il ferait sans doute un bien meilleur époux que moi, mais je tiens beaucoup trop à toi pour te laisser partir, Rosalie.

— Si je comprends bien, tu prétends que tu as renoncé à ton honneur et à une partie de ton âme pour servir la couronne et notre pays ?

Il haussa les épaules.

— Je suis un Murphy, répondit-il sobrement comme si ça expliquait tout.

— Je vois.

En réalité, Rosalie ne savait pas quoi penser. Une kyrielle d'émotions la traversait tour à tour. L'aveu de Langford ne l'avait guère surprise. Elle avait toujours su au fond d'elle qui il était vraiment et ce que cachait son visage d'ange et sa légèreté de façade. Mais l'entendre lui parler si ouvertement, si franchement et le voir se livrer complètement l'avait comme « touchée » en plein cœur.

— J'avoue que je ne sais pas quoi dire... Par certains côtés, ce que tu as fait est admirable mais je ne crois pas que je pourrai...

Il poussa un profond soupir et baissa la tête en murmurant tout à coup d'une voix brisée par l'émotion :

— Je t'aime.

Non, non, elle avait probablement mal entendu. John ne pouvait pas avoir prononcé ces mots.

— Pardon ?

— Je t'aime, mon amour, ne m'abandonne pas, il ne me reste que toi.

— Je ne comprends pas.

Il releva la tête.

— Je suis seul, Rosalie. Toute ma famille est morte. Clara, mon fils, mes parents... Si je devais te perdre toi aussi, je ne sais pas ce que je deviendrais.

Rosalie, sous le choc, cligna des yeux. « Je t'aime ? Il ne me reste que toi ? » Se pouvait-il que... ?

Elle plongea son regard dans le sien et tressaillit.

Oui, oui, cette fois, elle n'avait aucun doute. Langford était sincère.

Il avait cessé de tricher.

Enfin.

Elle sentit un profond sentiment de soulagement l'envahir.

— Je t'aime aussi...

— Que... qu'est-ce que tu as dit ? demanda-t-il d'un ton incrédule.

— Je t'aime aussi.

— Tu m'aimes malgré tout ce que j'ai... ?

Elle posa un doigt en travers de ses lèvres avant qu'il ne termine sa phrase.

— Je sais qui tu es. Je l'ai toujours su.

Il lui jeta un regard étonné.

— Et ça ne t'effraie pas ?

— Pas le moins du monde. J'ai moi-même quelques défauts.

Il eut un rire empli de tristesse.

— Rosalie, il ne s'agit pas que de simples défauts. Je pourrais être damné pour tout ce que j'ai fait.

Elle lui caressa doucement la joue.

— Je sais que tu n'es pas parfait. Et contrairement à ce que tu t'imagines, je ne le suis pas non plus. Je suis une Charbrey. Les Charbrey n'ont jamais été très à cheval sur la morale et les conventions. D'ailleurs, t'ai-je déjà dit que plusieurs de mes aïeules ont autrefois été brûlées pour sorcellerie ?

— Non, mais pour tout dire, ça ne m'étonne guère ! répondit-il en la regardant avec un sourire moqueur avant de s'agenouiller à ses pieds.

Elle fronça les sourcils.

— Qu'est-ce que tu fais ?

— Comme tu étais très en colère contre moi et que tu ne m'as toujours pas dit si tu préférais un rubis ou une émeraude... j'ai... Enfin voilà, fit-il en ouvrant un écrin où se trouvait une incroyable bague ornée des deux plus belles pierres précieuses qu'elle eût jamais vues. L'une était rouge. L'autre verte.

— Tu es complètement fou ! ? demanda-t-elle, les yeux écarquillés.

— Probablement. Alors, acceptes-tu de m'épouser ?

Elle fit mine de soupirer.

— Ai-je vraiment le choix ?

Il arqua un sourcil.

— Comment ?

— Eh bien, je ne peux tout de même pas continuer à te laisser séduire de sanguinaires espionnes françaises, dérober des documents comme un vulgaire voleur, saboter la diplomatie internationale, tuer des gens et semer la pagaille à tout bout de champ !

Il sourit, amusé.

— Non, tu ne peux pas.

— Exactement. Eh bien, puisque nous sommes d'accord, mon amour, j'aimerais beaucoup voir cette bague de plus près…

Chapitre 26

Lady Rosalie Charbrey, à la surprise générale, apparut resplendissante au bras du duc de Langford au bal du marquis de Richmond. Elle arborait une somptueuse robe rouge carmin et au doigt une bague de fiançailles d'une telle splendeur qu'il était impossible de ne pas la remarquer.

John vit toutes les têtes se tourner vers eux dès qu'ils firent leur entrée.

— Hum... je crois que ta robe produit son petit effet, tu es superbe, dit Langford en lui baisant la main.

— Tu crois que toutes ces dames vont s'évanouir ? Regarde leur expression, on dirait qu'elles ont vu un fantôme.

Après avoir salué leurs hôtes, les patronnesses, et avoir procédé aux présentations indispensables, Malcolm annonça leurs fiançailles à lady Bromsfeld. Ce qui fit que la nouvelle ne prit guère plus de dix minutes à faire le tour de l'assistance.

— Vous avez été très courageuse de venir ce soir, mon enfant, déclara la marquise de Richmond avec un sourire hypocrite.

— Je ne vois pas pourquoi. Après tout, je me porte à merveille et je suis pleinement heureuse de mon sort, milady, fit-elle en regardant autour d'elle avec une expression comportant autant d'orgueil que de défi.

Si certains convives la considéraient comme en disgrâce, prêtaient foi aux commérages qui couraient sur elle et s'attendaient à ce qu'elle quitte Londres pour se cacher quelque part, ils risquaient fort d'être déçus. Elle était là, et bien là. Et peu importait ce que tous ces gens pouvaient en penser.

— Mais tout de même, après ce qu'il s'est passé...

John, qui pensait à juste titre que le meilleur moyen pour lutter contre les ragots était l'attaque, afficha un air mi-hautain, mi-moqueur et expliqua d'un ton volontairement léger :

— Le comte Greenwald et moi-même avons suivi les brutes qui avaient enlevé lady Rosalie et nous l'avons délivrée immédiatement. Pour tout dire, cette aventure était des plus distrayantes, répondit Langford d'un ton léger.

— Vraiment ? Eh bien, je doute que lady Rosalie voie les choses de cette façon. C'est une terrible épreuve pour une jeune fille...

— Oh oui, moi à votre place, lady Rosalie, je n'aurais pas été capable de sortir de chez moi durant des jours, approuva la vicomtesse de Redfield.

Puis elle baissa la voix et ajouta :

— Oh, Seigneur, je crois que lord Eaton vient vers nous.

Rosalie tourna légèrement la tête puis sentit son ventre se nouer en croisant le regard de William.

Élégamment vêtu d'un costume gris et noir, il avançait vers eux en souriant.

— Lady Rosalie, je suis ravi de voir que vous êtes parfaitement remise de cette incroyable aventure.

Elle lui jeta un regard surpris, puis, consciente de l'intérêt que leur discussion suscitait chez leur hôtesse et ses autres invités, elle se força aussi à sourire.

— Je vous remercie, lord Eaton.

— Vous êtes exquise, et je regrette que vous m'ayez préféré Sa Grâce, milady. Mais je ne peux que m'incliner et remercier le duc de vous avoir sauvée avant qu'il ne vous soit fait le moindre mal, affirma-t-il d'une voix suffisamment forte pour tous puissent l'entendre.

Rosalie sentit soudain un profond sentiment l'envahir. William venait sciemment et en quelques phrases de mettre définitivement fin aux affreuses rumeurs propagées par les journaux. Non seulement il reconnaissait publiquement que c'était elle et non lui qui avait rompu leurs fiançailles, mais il confirmait aussi la version de Langford, qui affirmait être intervenu à temps pour préserver son honneur.

— Je tiens, moi aussi, à vous remercier, milord. Car grâce à vous, je sais ce que veulent dire les mots « fair-play », « tact » et « élégance », répondit-elle d'une voix qui exprimait toute sa gratitude.

William s'inclina à son tour puis se tourna ensuite vers John.

— Mes félicitations pour votre prochain mariage, Votre Grâce.

John lui sourit chaleureusement.

— Je gage que nous aurons l'occasion de nous revoir très bientôt, vicomte. Les hommes de votre trempe sont rares et je les compte volontiers parmi mes amis.

— Désires-tu valser, mon ange ? demanda John à Rosalie en regardant les autres couples évoluer sur la piste de danse.

— Ce ne serait pas très convenable, soupira Rosalie.

— Tu es venue sans chaperon et en compagnie d'un débauché notoire. Je crois qu'il est un peu tard pour te soucier de ta réputation.

Rosalie sourit.

— Tu veux dire que je me comporte de manière scandaleuse ?

— Absolument.

Il flirtait avec elle d'une manière outrageante, mais elle s'en moquait. Elle en avait assez d'être emprisonnée par les convenances.

— Je suis navrée mais ce n'est qu'un début…

— Que veux-tu dire ?

— Je veux dire que j'annoncerai bientôt à nos relations qui est en réalité Edmund Charberey.

Langford se mit à rire.

— Merveilleux ! Je sens que je vais adorer ça ! s'exclama-t-il en l'entraînant sur la piste.

Un peu plus loin, cachés au fond de la salle, le comte et la comtesse Greenwald exultaient.

— Tu vois, je t'avais dit qu'ils se débrouilleraient parfaitement bien, remarqua Malcolm.

Du menton, il désigna le couple qui valsait un peu plus loin étroitement enlacé. Beaucoup plus étroitement que ne le permettaient les convenances. Impossible de dire qui de Rosalie ou de Langford serrait l'autre de si près et ils tournoyaient les yeux mi-clos comme s'ils étaient seuls au monde.

— Ils forment un très joli couple, tu ne trouves pas ?

Morgana fronça les sourcils.

— Ne pavoise pas trop, s'il te plaît. Si lord Eaton ne s'était pas comporté en parfait gentleman...

— Exact. Je compte d'ailleurs le faire rentrer dans mon club.

— Quel club ?

— Celui très fermé des hommes qui méritent mon attention.

— Oh, ce que tu peux être arrogant quand tu t'y mets !

— Qui, moi ?

— Oui, toi, espèce d'immonde individu !

Il esquissa un sourire qui la fit littéralement fondre.

— Tu m'aimes ?

— Oui, mais du diable si j'en connais la raison, répondit-elle avant d'éclater de rire et de l'entraîner sur la piste de danse avec le visage rayonnant d'une femme incroyablement comblée.

Chapitre 27

Rosalie descendait les marches de l'escalier d'honneur du château de Charbrey sous les regards attendris de Morgana, Malcolm et Daphné, et les cris enthousiastes de la jeune Mary, plus excitée que jamais. Le grand hall avait été décoré pour la circonstance et des montagnes de plantes et de fleurs avaient été disposées çà et là.

Un peu tremblante et terriblement émue, Rosalie se figea un instant et réalisa tout à coup pour la première fois qu'elle devrait bientôt quitter son refuge, son sanctuaire, qu'on ne l'appellerait plus lady Rosalie Charbrey mais Sa Grâce, la duchesse de Langford, et qu'à chaque fois qu'elle rendrait visite à ses sœurs, on ne la considérerait plus à Charbrey que comme une invitée. Et ça l'angoissait au plus haut point.

— Ma chérie, tu es merveilleuse, déclara Morgana d'un ton admiratif en contemplant sa robe de mariée.

Rosalie portait une robe blanche de soie brodée et des rubans assortis à la couleur de ses yeux. Sa coiffure toute en boucles était majestueuse, et son teint et son allure étaient à couper le souffle. Comme elle avait refusé de porter la robe prévue pour son mariage avec William, il avait fallu en commander une autre. Cette dernière s'avérait plus somptueuse encore.

— Morgana a raison, tu n'as jamais été plus belle, surenchérit Daphné.

— Bien trop belle pour un gredin comme Langford. Tu es sûre de ne pas vouloir changer d'avis ? demanda Malcolm d'un ton taquin.

Rosalie lui sourit.

— Je vous remercie pour tout ce que vous avez fait, Malcolm. Morgana ne pouvait pas choisir meilleur homme ni meilleur époux que vous.

— Oh, je t'en prie, cesse de le flatter, il va être insupportable, intervint Morgana en levant les yeux au ciel.

Puis elle avança vers elle, lui prit gentiment la main et déclara d'un ton plus sérieux :

— Que tu sois mariée ou non, cette demeure est la tienne et elle le restera toujours. Ne l'oublie jamais.

Rosalie sentit sa gorge se serrer.

— Tu sais, elle ne plaisante pas. D'ailleurs, elle ne veut pas que je prenne ta chambre, même si elle est plus grande et plus ensoleillée que la mienne. Elle dit qu'elle veut la laisser telle qu'elle est pour que tu puisses toujours te sentir chez toi, ajouta Daphné.

Émue, Rosalie serra soudain Morgana contre elle. Tout n'était peut-être pas immuable. Les enfants grandissaient, les jeunes filles se mariaient et les êtres chers devaient parfois se séparer. Mais l'amour, le vrai, comme celui qui existait entre ses sœurs et elle, n'était lui pas près de changer.

— Toi aussi, tu vas me manquer, souffla-t-elle dans l'oreille de Morgana. Puis elle s'écarta légèrement d'elle et ajouta en regardant Daphné et Mary :

— Vous allez toutes me manquer.

— Allons, que faites-vous donc, mes enfants ? Il faut y aller ! Tous les invités sont déjà arrivés, et Langford ne tient plus en place ! gronda lady Carrington en faisant une entrée fracassante dans le hall.

Sa tenue était violette et d'une coupe extravagante. Une plume ornait sa chevelure et ses bras s'agitaient dans tous les sens. Elle semblait sur le point d'exploser.

Morgana pinça les lèvres pour ne pas sourire.

— Tante Agatha a raison, il est temps d'y aller.

Après ça, les choses parurent se précipiter, et Rosalie eut l'impression que tout se passait dans une sorte de brouillard.

Daphné, sa demoiselle d'honneur, et Malcolm l'accompagnèrent jusqu'à la somptueuse calèche noire aux armoiries des ducs de Langford qui les attendait sous les applaudissements des domestiques. Mme Wilks versa sa petite larme, Mme Delomme se moucha bruyamment et, à peine quelques instants plus tard, la voiture s'immobilisait face à l'église, devant une foule de villageois et d'invités de haut rang.

L'organiste se mit à jouer, et elle remonta l'allée centrale de l'église au bras d'un Macolm plus droit et plus solide qu'un roc.

— Oh, Seigneur, elle n'a jamais été aussi belle, murmura John en regardant Rosalie avancer lentement vers lui.

Submergé par l'émotion, il resta un instant planté là, dans son élégant habit noir et blanc, incapable de réfléchir. Puis il se tourna vers le pasteur et l'entendit soudain prononcer d'une voix sourde :

— Nous sommes réunis, mes biens chers frères…

Épilogue

Deux ans plus tard…

Tendu à l'extrême et tenu à l'écart de la chambre de son épouse, John attendait avec le reste de la famille dans le salon de Herrington Castle la naissance de son enfant. Morgana était auprès de Rosalie et du médecin depuis des heures, et le duc, qui n'y tenait plus, commençait sérieusement à se morfondre. Seigneur, si l'accouchement se déroulait mal… si Rosalie devait connaître le même sort funeste que Clara, alors…

— Cesse de faire cette tête, le médecin a dit que l'accouchement se déroulait à merveille, lança Malcolm en lui tendant un verre de scotch.

À merveille ? Alors que Rosalie souffrait ? Alors qu'il pouvait entendre ses hurlements et qu'il était incapable de la soulager ? Et qu'il était tellement terrifié à l'idée de perdre sa femme qu'il avait l'impression que son cœur allait bientôt lâcher ?

— Malcolm a raison, vous n'avez aucune raison de vous inquiéter, John. Rosalie est une Charbrey, et les Charbrey ne meurent pas en couches mais préfèrent les morts plus distrayantes comme la noyade, l'asphyxie, l'empoisonnement ou...

— Je crois qu'il a compris, tante Agatha, l'interrompit Malcolm en se servant un deuxième verre de whisky.

— Ça y est ! J'ai trouvé ! Je vais offrir au bébé un appareil pour aller sous l'eau, fit soudain Mary en sortant de l'étrange mutisme dans lequel elle était plongée depuis une heure.

Malcolm haussa les sourcils.

— Tu veux dire un scaphandre comme celui de Morgana ?

— Oui, c'est très utile. Je l'ai fait essayer à Bill Crampton et il ne s'est presque pas noyé.

Bill Crampton était le jeune fils de l'un des métayers du domaine. Mary et lui jouaient souvent ensemble, et la petite chipie le menait littéralement par le bout du nez.

— Comment ça, « presque » pas ? demanda Malcolm en passant nerveusement sa main sur son front.

— Il a vu des poissons et a survécu. Évidemment, il a fallu quelques instants pour le ranimer, mais c'était une expérience des plus intéressantes, répondit Mary d'un ton satisfait.

John leva les yeux au ciel. Son mariage avec Rosalie était une réussite. Et il ne se serait jamais cru capable d'aimer avec une telle force ni avec une telle passion. Mais il devait bien reconnaître qu'il avait mis du temps à s'habituer à l'attachante et envahissante famille de sa femme, et que celle-ci pouvait se montrer parfois déconcertante.

— Tu ne préfères pas lui offrir un chiot ? Tous les enfants aiment les chiots, suggéra Daphné.

Mary fit la moue.

— Oh non, non, ce n'est pas assez amusant… Par contre, j'ai lu un livre où il y avait des serpents exotiques qu'on pouvait dresser grâce à la musique et…

Mary s'arrêta aussitôt de parler en voyant Morgana entrer dans la pièce avec un nouveau-né emmailloté dans les bras.

— C'est une petite fille, annonça Morgana en avançant vers John. Elle est très vigoureuse et en parfaite santé.

John laissa échapper un soupir tremblant tandis que Morgana plaçait doucement le bébé dans ses bras.

— Mon Dieu, elle est superbe, balbutia-t-il d'un air émerveillé, les yeux baignés de larmes. Puis, relevant la tête, il demanda d'une voix enrouée par l'émotion :

— Rosalie ?

Morgana s'empressa de le rassurer :

— Elle va bien. Elle est épuisée mais l'accouchement s'est très bien passé. On lui fait sa toilette.

— Bon, tu me montres ma nièce, oui ou non ? grommela Malcolm, qui contemplait la scène d'un air attendri.

— Oui, montre-la nous ! Comment vas-tu l'appeler ? demanda Mary d'un ton enthousiaste.

— Bérényce. Nous allons l'appeler Bérényce, répondit-il en s'abaissant un peu pour que Mary puisse la voir.

Morgana, Mary et Daphné sentirent aussitôt leur cœur se serrer.

— Comme maman ? demanda Daphné.

Il acquiesça.

— Oui, comme votre mère.

— C'est une excellente idée, approuva Morgana.

— Je trouve aussi, acquiesça lady Carrington en venant s'agglutiner avec les autres autour du bébé.

— Si elle devient aussi belle que sa grand-mère, tu vas avoir de gros ennuis, remarqua Mary avec un sourire malicieux. Tous les garçons vont vouloir l'épouser.

La scandaleuse et superbe lady Bérényce Charbrey était autrefois considérée comme la plus jolie femme d'Angleterre. Une réputation, semblait-il, des plus méritées.

— Ils devront d'abord me passer sur le corps, rétorqua John sans quitter sa fille des yeux.

— Tu ne vas tout de même pas frapper tous ses soupirants ? demanda Mary, interloquée.

Il la fixa longuement sans répondre tandis que lady Carrington secouait la tête.

— Si je comprends bien, cette pauvre enfant va finir vieille fille ?

Morgana s'esclaffa.

— Eh bien, voilà qui promet !

John, dont les yeux pétillaient de joie, posa un baiser léger sur le front du nourrisson, et le tendit à Morgana.

— Je vais aller voir Rosalie, prenez soin de mon petit trésor.

Puis il grimpa quatre à quatre les marches de l'escalier qui menait à la chambre de sa femme.

L'observant un instant, il remarqua avec soulagement que ses traits étaient tirés mais qu'elle avait retrouvé des couleurs.

Il se pencha aussitôt sur elle et l'embrassa avec douceur.

— Comment te sens-tu ?

Elle lui sourit.

— Je me porte comme un charme. Et toi ?

— Quoi, moi ?

Elle lui jeta un regard suspicieux.

— Tu es resté calme ? Tu n'as tué personne ?

— J'en ai eu très envie à plusieurs reprises, mais non…

Son sourire s'élargit.

— Je leur avais dit que tu serais terrifié et qu'ils devaient tout faire pour te distraire.

John grimaça.

— Tu peux me croire, ils ont parfaitement rempli leur mission…

Rosalie, qui savait de quoi sa famille était capable, sentit ses lèvres frémir et eut toutes les peines du monde à se retenir de rire.

— Et notre fille ? Comment la trouves-tu ?

— Chauve et édentée.

Rosalie fronça les sourcils.

— John…

Il rit puis répondit :

— Elle est fantastique, mon amour. Je suis déjà complètement fou d'elle.

Rosalie, soulagée, se mit soudain à bâiller.

— Alors, tu es heureux ?

— Plus que je ne l'ai jamais été.

Il ajouta d'un ton léger en la regardant fermer les yeux et sombrer peu à peu dans le sommeil :

— Ta sœur Mary se propose d'offrir un scaphandre ou un serpent à notre fille…

— Du moment qu'elle ne lui ramène pas un singe, marmonna-t-elle avant de s'endormir tout à fait.

John lui caressa doucement les cheveux, remonta les couvertures au-dessus d'elle et sortit discrètement de la chambre.

Moins d'une seconde plus tard, les domestiques très stylés de Herrington Castle entendirent, consternés, le rire tonitruant du duc de Langford résonner dans toute la maison.

Composition
FACOMPO

Achevé d'imprimer en Espagne
par CPI (Barcelone)
le 24 mai 2015.

Dépôt légal : mai 2015.
EAN 9782290076576
OTP L21EDDN000494N001

ÉDITIONS J'AI LU
87, quai Panhard-et-Levassor, 75013 Paris

Diffusion France et étranger : Flammarion